AF450087

»Der Humor nimmt die Welt hin, wie sie ist. Sie sucht sie nicht zu verbessern und zu belehren, sondern mit Weisheit zu ertragen.«

Charles Dickens

»Ich bin ein Mensch, nichts Menschliches, glaube ich, ist mir fremd.«

Publius Terentius Afer

Prof. Dr. Peter Biro

ZWERCHFELL UNTER VIRENANGRIFF

Die humorvolle Abrechnung eines
Arztes mit der Corona-Pandemie

herausgegeben von
Dr. Maria Zaffarana

© 2021 CarpeGusta, Wesseling

ISBN 978-3-947343-04-1

Dieses Buch ist auch als E-Book erhältlich.

Printed in Europe

Inhalt

Vorwort

Was um Himmels willen hat den Herrn Doktor dazu bewogen, sich auf eine höchst fragwürdige – und seinem seriösen Berufsbild nicht ganz angemessene – Art und Weise mit der Corona-Pandemie literarisch auseinanderzusetzen? Das oder Ähnliches mag sich wohl der unbedarfte Leser fragen. Gibt es denn nicht schon genügend Leid und Unglück im Zusammenhang mit dieser Malaise? Oder hat jemand schon mal was von einer satirischen Aufarbeitung der Atombombenabwürfe gehört?

Nun, ich muss zugeben, ich habe auch so meine Schwierigkeiten damit, mich mit meinem eigenen spöttischen Naturell abzufinden und dem Hang, selbst tragische Dinge auf unernste Weise zu sehen. Wer weiß, vielleicht können versierte Psychologen, Personal-Trainer und sachkundige Albtraumdeuter diesem Phänomen auf die Spur kommen. Ich nenne das am ehesten Galgenhumor. Allerdings muss ich zugeben, dass der nur dann zutrifft, wenn man selbst am Strick hängt – und nicht, wenn man lediglich als Zuschauer dabei ist. Ich für meinen Teil habe im Verlauf der Ereignisse um die weltweite Pandemie meine ursprüngliche Position des Außenstehenden zunehmend mit derjenigen des direkt Involvierten tauschen müssen; zwangsläufig, denn bei meiner Arbeit in der Klinik bin ich mit diesem

Thema von Anfang an konfrontiert worden. Zuerst hieß es nur, wie man sich zu schützen hat, sollte ein Infizierter durch mich betreut werden müssen. Das war in den ersten Wochen lediglich eine theoretische Angelegenheit. Dann kamen zunächst vereinzelte, später immer häufiger an Covid 19 erkrankte Patienten, die ich unter Beachtung aller Sicherheitsmaßnahmen betreuen musste.

Und dann passierte dies: Ich bekam auf dem Nachhauseweg den Anruf unseres Spitalhygienikers, dass ich einige Zeit mit einem infizierten, aber zum Zeitpunkt der Begegnung unverdächtigen Kollegen zusammen in einem Raum war und womöglich angesteckt wurde. Spätestens zu diesem Zeitpunkt war mir das Lachen über die vermeintlich übertriebenen Maßnahmen vergangen, die man uns inzwischen vorgeschrieben hatte. Erst da empfand ich die persönliche Bedrohungslage am eigenen Leib und lernte umgehend, dass die Lage ernst war. Das Besondere an diesem Ereignis war, dass ich keine Ahnung von dieser individuellen Gefahrensituation hatte und mich ihr unwissentlich ausgesetzt hatte – ein klassisches Beispiel nachträglich klargewordener Machtlosigkeit.

Ich war unbemerkt der Gefahr ausgesetzt gewesen, selber infiziert zu werden und an Covid zu erkranken, mit ungewissem Ausgang. Zum Glück war in diesem Fall nichts passiert. Offenbar hatte ich genügend Abstand zum bereits infektiösen (jedoch damals völlig symptomlosen) Kollegen eingehalten. Eine Gesichtsmaske trug ich allerdings nicht, denn wir hatten unbedarft im Kaffeeraum nebeneinander gesessen. Also war ich gerade noch einmal davongekommen.

Nachdem diese einmalige Exposition folgenlos geblieben war, fasste ich zwei Beschlüsse: erstens die Vorgaben zur Vermeidung einer Infektion peinlichst genau zu befolgen und insbesondere Gefahrensituationen grundsätzlich zu vermeiden sowie zweitens mir irgendein Ventil zu suchen, über das ich meinem Ärger über diese unsichtbare, heimtückische Plage Luft machen konnte. Und das war das, was ich immer schon gerne tat: Schreiben.

Also setzte ich mich hin und überlegte mir, wie ich am besten etwas Entspannendes, ja möglicherweise sogar Unterhaltendes zum Thema erdichten könnte. Da kam mir in den Sinn, dass ich Parodie und Satire ja so gerne lese. Und wenn es mir gelänge, gerade dieses überaus ernste Thema der Pandemie und deren Folgen auf lustige Weise zu behandeln, dann könnte ich zumindest ein wenig von meiner Unzufriedenheit und Spannung der Situation ablassen. Weil ich am liebsten mit dem Anfang aller Dinge, namentlich mit dem Virus selbst, beginnen wollte, ersann ich das fiktive Interview mit einem musikinteressierten Coronavirus. Als Lesestoff erfreute sich dieser Text des Interesses all derjenigen, denen ich ihn unter Androhung von Liebesentzug als Pflichtlektüre zum Lesen aufgezwungen hatte. Dann geriet es über einige Ecken an eine Zeitungsredaktion aus meiner alten Heimat in Siebenbürgen. Das positive Echo des Artikels wiederum war der Anstoß für weitere ähnlich gelagerte, fantastische Storys, die allesamt mit dem Virus, der Pandemie und deren Folgen auf unser Leben zu tun hatten. Von da an war es nur noch ein kleiner Schritt für einen Mediziner, aber ein großer Schritt für die gesamte Menschheit, diese Geschichten in Buchform zu bringen und der geneigten Leserschaft zu Gemüte zu führen.

Drum erlaube ich mir den wohlmeinenden ärztlichen Rat: Halten Sie Abstand, tragen Sie eine Gesichtsmaske, desinfizieren Sie regelmäßig die Hände und vor allem: Bleiben Sie zu Hause, ziehen Sie sich in Ihre bequemste Leseecke zurück und lesen Sie dieses Buch! Ich verspreche Ihnen: Dann kann Ihnen überhaupt nichts passieren.

Über die Gefahren der
häuslichen Quarantäne

Es ist lang und breit erklärt worden, wie wichtig es ist, sich in Zeiten der Pandemie zu isolieren, die Bewegungsfreiheit zu beschränken und möglichst lange still auf dem Kunstledersofa zu sitzen, gegebenenfalls mit einer Tüte Kartoffelchips in der Hand. Doch Chips hin oder her, auch ich bin für geraume Zeit nicht müde geworden, diese unpopuläre Praxis zu propagieren und gefragt oder ungefragt eine anhaltende Selbstisolation zu empfehlen. Jetzt gibt es aber immer wieder Anzeichen dafür, dass man die Unfreiheit schrittweise wieder lockern sollte. Einerseits hege ich trotz allem die Sorge, dass das zu einem erneuten Anstieg der Ansteckungszahlen führen könnte, andererseits erwarte ich sehnsüchtig die absehbare Erweiterung meines Aktionsradius. Aber es gibt noch einen weiteren wichtigeren Grund, den bevorstehenden Erleichterungen erfreut entgegenzusehen: Das ist die allzu lange verkannte, inzwischen jedoch sehr ernst zu nehmende Gefahr von quarantänebedingten Todesfällen.

Wie allgemein zugängliche Statistiken klar belegen, ist die eigene Wohnung der Ort, an dem am häufigsten gestorben wird, gleich nach Krankenhäusern, Altersheimen und schlecht ausgeleuchteten Autobahnbaustellen. Auf nationaler Ebene geht die Zahl der Todesfälle in den eigenen vier Wänden sogar in die Zehntausende pro Jahr. Es ist schon erstaunlich, wie wenig dieser Umstand bei der allgemeinen Verkündung des Lockdowns berücksichtigt worden ist. Demgegenüber rangieren an den letzten drei Stellen in der Todesstatistik Aufenthaltsorte wie Leuchttürme, Friedhofskapellen und Telefonzellen; das nämlich sind die Lokalitäten an den Positionen 98 bis 100 in der besagten offiziellen Auflistung namens »Die einhundert populärsten Sterbeorte«, jährlich neu aufgelegt und herausgegeben vom Amt für Bevölkerungsentwicklung und Grabpflege. Gerade deshalb können diese Örtlichkeiten als besonders risikoarm bezeichnet werden – zumindest, was eine plötzlich auftretende Todeswahrscheinlichkeit angeht. Und dennoch gibt es keine Spur von irgendwelchen Empfehlungen seitens der Behörden, sich unverzüglich in einen abgelegenen, sturmumtosten Leuchtturm zu begeben oder in eine gut isolierte Friedhofskapelle umzuziehen, geschweige denn sich mit seiner Großfamilie in einer der wenigen noch vorhandenen Telefonzellen zu stapeln. Dabei wäre es doch für uns alle ratsam, sich an einem dieser Orte für die gesamte Dauer der Pandemie aufzuhalten und diese nur für unabdingbare Besorgungen zu verlassen. Stattdessen wird weiterhin in der eigenen Wohnung munter rumgestorben, was das Zeugs hält!

Ich hoffe, der geneigte Leser wird sehr wohl mein Dilemma verstehen, in dem ich mich befinde. Bis vor Kurzem war ich nicht müde, die Notwendigkeit einer freiwilligen Selbstquarantäne zu propagieren. Ich bemühte mich wiederholt, diesen Standpunkt in mannigfachen Artikeln in der internationalen Presse und in Interviews in elektronischen Medien zu lancieren. Nicht zuletzt ist der Meinungsumschwung des abgewählten amerikanischen Präsidenten von einer ursprünglich eher skeptischen Haltung zu einer strikten, isolationistischen Linie auf meine vehement und leidenschaftlich vorgetragenen Aufrufe zurückzuführen (*»Ach Donald, wenn du nur wüsstest, wie mich deine ständigen Anrufe belästigt haben …!«*). Und nun muss ich mich zu meinem Leidwesen zumindest teilweise von meinen eigenen Appellen distanzieren. Das ist schmerzhaft. Und ich weiß nicht, wie ich Trump oder seinem Nachfolger meinen plötzlichen Sinneswandel erklären soll, dessen Vertrauen ich nun verlieren könnte. Diese scheinbare Inkonsequenz ist mir durchaus bewusst, aber auch ich folge damit nur den neuesten Erkenntnissen der Epidemiologie, den verständlichen Bedürfnissen des Einzelhandels und vor allem der Innenarchitektur – dies, zumal ich selber in letzter Zeit einen gründlichen Einblick in die Nachteile und Gefahren des verlängerten häuslichen Aufenthalts gewinnen durfte.

Dass Wohnungen in den Sterbestatistiken so schlecht abschneiden, ist eigentlich kein Wunder. Denn sie sind voller Gefahren für Leib und Leben, vor allem, wenn man sich länger zu Hause aufhält als unbedingt nötig. Im Wesentlichen sind es zwei risikobehaftete Aspekte, die hier eine Rolle spielen: einerseits die einer innerhäuslichen Untätigkeit und andererseits die Gefahren von

Aktivitäten im Haushalt. Völlig plausibel sind in diesem Zusammenhang die Risiken für Haushaltsunfälle, die exponentiell zunehmen, sobald man irgendetwas unternimmt. Doch auch in dieser Hinsicht muss man sorgfältig differenzieren: Während fast niemand im Wohnzimmer von einem entlaufenen Löwen angefallen oder im Bad von einem herabstürzenden Helikopter erschlagen worden ist, sind bereits unzählige Menschen unter umgefallenen Garderobenschränken voller Winterklamotten begraben worden. Ebenfalls wurden viele unvorsichtig agierende Hausfrauen von explodierenden Mikrowellen getötet und so mancher zigarrenrauchende Fensterspäher verbrannte tödlich wegen lichterloh brennender Vorhänge.

Gerade aufgrund der pandemiebedingt angeordneten Verhaltensweisen ist die Wahrscheinlichkeit von tödlichen Haushaltsunfällen erst recht ins Unermessliche gestiegen: Man denke nur an das tragische Ende des Ehepaares Silvia und Ulrich G. aus W., die während des gepflegten Dinierens von ihrem bis zur Decke gestapelten Toilettenpapier erschlagen worden sind. Oder ein anderes, trauriges Beispiel: der quälend lange, tragische Tod des in einem abseits stehenden Bungalow lebenden, alleinstehenden Johannes M. aus D. Der ohnehin schon kranke und gebrechliche Achtzigjährige stürzte auf der steilen Kellertreppe besonders unglücklich, als er sich eine Portion Spaghetti aus seinem sorgfältig gehorteten Notvorrat holen wollte. Dabei brach er sich die Hüfte und wurde zwischen den Stufen eingeklemmt. Er war außerstande, sich alleine zu befreien. Niemand hörte seine anfänglichen Hilferufe und ebenso wenig das darauffolgende, langsam verlöschende Wimmern. Erst spät, viel zu spät, erst als seine Kinder nämlich nach einer pandemiebedingt verzögerten Rückholaktion aus Kasachstan bei ihm vorbeischauten, fand man den bereits längst Verblichenen. Noch im Todeskampf hielt er verkrampft die gesuchte Packung »Spagetti Grano Integrale« aus extra vitaminreichem Weißmehl in seiner erkalteten Hand. Wie auf der Aufschrift des Weiteren zu entnehmen war: *mit einem zusätzlichen Eigelb pro Kilogramm Trockengewicht.* Man konnte seinen Leichnam erst nach langwierigen Bemühungen bergen und im engsten Familienkreise bestatten. Immerhin war die aus seinen dürren Fingern mit Mühe entwundene Pasta noch genießbar und konnte von den Trauernden sichtlich zufrieden verspeist werden. Ergänzend ist hier anzuführen, dass der Verstorbene auch eine große Menge Konserven mit leckeren Spaghetti-Soßen gehortet hatte, wohl in weiser Voraussicht der Notwendigkeit eines ausgedehnten und gastronomisch anspruchsvollen Leichenschmauses.

Was die allgemeine Gesundheitsgefährdung durch häusliche Untätigkeit angeht, ist anzuführen, dass langes Verweilen im Bett mit einer 18-fach erhöhten Gefahr einer Beinvenenthrombose einhergeht. Diese wiederum kann zu tödlichen Lungenembolien führen – insbesondere, wenn der Darniederliegende beim Fernsehschauen einen Lachanfall bekommt. Dann reißen sich die tückischen Blutgerinnsel los und geraten in die

Lungenarterien, wo sie dem Betreffenden den Todesstoß versetzen, noch bevor der Abspann der Serie vorbeiflimmert und die Werbung für lebensverlängernde Gesundheitsmatratzen einsetzt.

Auch das gedankenlose Hantieren im Bett mit Fernbedienungen, Mobiltelefonen und Tablets ist lebensgefährlich. Meist lässt man sie ja vor sich auf der Bettdecke liegen, und da sie über längere Zeit wieder aufgeladen werden müssen, können deren Transformatoren überhitzen und einen tödlichen Bettenbrand auslösen. Außerdem haben sich nicht nur vereinzelt – wie sie sagen: »schnell mal zur Toilette gehen« wollende – Zeitgenossen in den Ladekabeln verheddert und stolperten unglücklich mit dem Kopf gegen die Wäschetruhe, von der Unzahl durch Kabelsalat versehentlich strangulierten und dergestalt erstickten Konsumenten ganz zu schweigen.

Als letzte, weitgehend unterschätze Todesgefahr ist inzwischen jener »Wiehernde Isolationspsychose« genannte Zustand von Menschen mit labilem Gemüt zu nennen, die während langanhaltendem Aufenthalt in der Enge ihrer Behausung psychisch ausrasten und sich und andere mit scharfkantigen oder klobigen Haushaltsgegenständen gefährden. Besonders gerne laufen solche Isolationsopfer in den Nebenräumen Amok. Dort greifen sie sich kleinere Haustiere, um sie in der Waschmaschine zu schleudern oder in der Mikrowelle zu rösten. Oder sie rennen wie Berserker mit einem Bügelbrett vor dem Kopf herum und mähen alles nieder, was ihnen in die

Quere kommt, von verprügelten Ehe- und Konku-binats-Partnern, geschlagenen eigenen Kindern und solchen, die nur zu Besuch sind, oder gar unbescholtenen Untermietern, an denen sie ihre Aggressionen auslassen, ganz zu schweigen – und das selbst dann, wenn Letztere in ihrer einsamen Verzweiflung sich nur mal die Zeit mit ein wenig Maultrommelspiel verkürzen wollten. Diese beklemmende Liste ließe sich noch problemlos mit grausam massakrierten Nachbarn oder gar mit rücksichtslos zertretenen Blumenbeeten erweitern. Aber ich gehe hier lieber nicht allzu sehr ins Detail, vor allem zur Nervenschonung der geneigten Leserschaft.

Deshalb schließe ich mich gerne dem Chor jener Verzweifelten an, die nach einer baldigen Lockerung der Bewegungsrestriktionen rufen. Nicht nur, dass mir die Decke auf den Kopf fallen könnte – und einige Risse in der Wand sprechen klar für diese Möglichkeit –, aber ich will vor allem schnellstens raus aus dieser so unverfänglich »Wohnung« genannten Todesfalle. Mir reicht's!

Interview mit einem musikinteressierten Coronavirus

An der Türklinke zum Parkhaus unter der Oper traf ich unverhofft Virginia Kronberger, einen weiblichen Coronavirus, der gerade dabei war, einen Hinterhalt für einen ungeschützten Opernbesucher anzulegen. Zum Glück trug ich vorsichtigerweise Handschuhe, während ich den Türgriff hinunterdrückte. Die besagte Virusdame hüpfte auf meinen rechten Daumen, schaute mir in die Augen und fragte lockend: »Na, willst du dir nicht bald mal an die Nase fassen, du Feigling? Juckt's etwa nicht?«

»Komm mir nicht so!«, erwiderte ich belustigt. »Ich weiß genau, was du willst. Also sei nicht enttäuscht, wenn ich mich von dir nicht infizieren lasse.«

»Dann schmier mich wenigstens wieder zurück auf die Klinke«, forderte sie vorwurfsvoll, »Du weißt ja, dass ich mich alleine nicht fortbewegen kann, außer in ausgeniester Spucke.«

Ich willigte ein unter einer Bedingung: »Wenn du dich bei einer Tasse Latte Macchiato von mir interviewen lässt, setze ich dich wieder an der Oper ab.«

»Abgemacht, aber nur für zehn Minuten. Lass uns loslegen!«

Wir setzten uns an einen abgelegenen Tisch des Operncafés. Dann begann ich das Gespräch mit dem Winzling auf meinem Daumen, den ich mir

in gebührendem Abstand vors Gesicht hielt.
Tasse, Würfelzucker und Kaffeelöffel bediente ich
mit der Linken; die Erdnussschale schob ich ange-
widert weiter weg. Jedes Mal, wenn der Kellner
bei mir aufkreuzte und sinnloserweise nachfragte,
ob alles in Ordnung wäre, hielt ich kurz inne, um
nicht für kauzig gehalten zu werden. Als er ging,
beeilte ich mich, meine Neugier zu befriedigen,
und führte das folgende Gespräch:

Ich: Mein Name ist Hase, Jaromir Gotthelf Hase,
freier Wissenschaftsjournalist und begeisterter
Schleimpilzsammler. Ich betreue die monatliche
»Aufrichtige Geständnisse«-Kolumne in »Natur
und Lebenskunst«, ein bunt illustriertes Hoch-
glanzmagazin für gehobene Leserkreise aus dem
wohlsituierten, grünliberalen Ökomilieu. Dorthin
kommt dieses Interview, mit Ihrer freundlichen
Erlaubnis natürlich.
Virusdame: Einverstanden. Aber nennen Sie mich
nicht beim Namen. Ich möchte mich unter mei-
nesgleichen nicht als Whistleblower outen.

**So machen wir's, versprochen. Zunächst mal,
wie kommen Sie auf die Klinke der Park-
haustür?**
Die Kurzversion ist, dass mich vor Kurzem ein
Opernbesucher auf den Türgriff gehustet hat. Es
geschah, nachdem ich mich in seinem spuckfertig
schäumenden Sputum abmarschfertig eingefun-
den hatte.

Und die lange Version? Ich habe Zeit.
Okay, dann muss ich ein wenig ausholen. Unsere Karriere als zertifizierte Pandemisten hat ganz weit weg von hier begonnen, genauer in Xin Zhou, einem Vorort von Wuhan in Zentralchina. Meine ehrenwerten Vorfahren – ich spreche von zwölfhundert zurückliegenden Generationen – bevölkerten eine Sippe von Fledermäusen in der nahegelegenen Huang-Shan-Höhle, in der wir auf großem Fuß und in einträchtiger Balance mit unseren gastfreundlichen Wirtstieren lebten. Das war seit vielen, vielen Generationen so. Ich weiß gar nicht, wie lange schon. Mal gab es mehr Fledermäuse, mal weniger. Auf jeden Fall ging es uns allen recht gut. Die putzigen Flattertiere durchlitten wegen uns schlimmstenfalls einige Nächte fieberhaftes Rumhängen von der Höhlendecke und wir Viren gediehen prächtig in der ganzen Kolonie.

Und dann? Dann muss was Einschneidendes passiert sein, oder?
Ja, genau. Alles war in Ordnung bis September letzten Jahres, als der Chefkoch des vornehmen Restaurants Fang Wau ein sorgfältig mariniertes Pudel-Entrecôte mit viel zu viel Cayennepfeffer versaute. Er stand unter Zeitdruck, die Feinschmecker warteten bereits ungeduldig auf den Hauptgang. Deshalb ließ er vom Spezialitätenmetzger um die Ecke eine Ladung »Kleintier-Fleisch gleich welcher Art« kommen. Es musste nur schnell gehen. Im hopphopp zusammenge-

rafften Frischfleischpaket waren nebst einem Pe-
kinesen und zwei Rauhaardackeln auch eine ge-
häutete Fledermaus. Und ausgerechnet darin
verbrachten meine nichtsahnenden Altvorderen
ihre wohlverdienten Herbstferien, darunter mein
verehrter Ururur… eigentlich 35-facher Ur-Groß-
papa Cornel und meine gleichermaßen urige
Großmama Cornelia Kronberger, geborene von
Fiberzack.

Ist nicht wahr! Das kann doch gar nicht sein …
Doch, doch, großes Virusehrenwort. Meine Altvorderen konnten sich gerade noch rechtzeitig
durch einen kühnen Sprung in einen winzigen
Blutstropfen retten, kurz bevor sie im heißen Wok
mit dem gefährlich zischenden Palmöl gelandet
wären. Sie fanden Unterschlupf in einem Augen-
winkel der ziemlich ungeschickt agierenden
Hilfsköchin Shin Bei, wo sie sich schleunigst den
ungewohnten Bedingungen anpassen mussten,
um zu überleben.

Und was dann?
Ja, aufgrund der nicht ganz optimalen Bedingungen in Frau Beis Tränenflüssigkeit mutierten sie
zu einem Vorläufer des Coronavirus 19. Was blieb
ihnen auch sonst übrig? Wir wären viel lieber bei
den Fledermäusen geblieben, aber so geht nun
mal gemäß Herrn Darwin die Evolution: anpassen oder aussterben! Während der ersten Stunde
veränderten sich die nächsten zehn Kronberger-
Generationen dann fortlaufend. So konnten sie

sich allmählich auf die menschlichen Abwehrkräfte einstellen.

**Und Frau Shin Bei ist dann schwer krank gewor-
den?**
Ach wo! Die junge Dame hatte nahezu keine Beschwerden, ein wenig Husten vielleicht. Aber sie
verteilte die Nachkommen der Kronbergers an
alle ihre Kollegen und über das Tischbesteck auch
an einige Gäste. Das ging dann ruck zuck weiter
so, bis die ganze Stadt von einer richtigen Epide-
mie erfasst wurde. Den Rest kennen Sie sicher aus
den Medien.

**Und wie sind Sie hierhergekommen, ins Park-
haus unter dem Opernhaus?**
Ganz einfach. Gleich nach meiner Geburt vor einer Viertelstunde hat mich mein Wirtsmensch direkt auf die Türklinke gehustet. Ich war froh, aus
ihm herauszukommen. Denn er hatte bereits Anzeichen einer beginnenden Lungenentzündung.
Als älterer Herr hätte er uns alle in den Tod mit-
reißen können. Leider musste ich fast zwanzig
Millionen meiner Geschwister zurücklassen. Und
jetzt mache mir große Sorgen um sie. Familie geht
vor, verstehen Sie?

**Ja, sicher. Aber warum müsst ihr Coronaviren
auch gleich immer so tödlich werden? Das ist
doch auch für euch kontraproduktiv!**
Das stimmt schon. Diese bedauerlichen Todesfälle
sind gewissermaßen Betriebsunfälle. Sie kommen

vor, wenn unsereins zu heftig zuschlägt und damit den Wirt und nachher sich selbst umbringt. Aber so funktioniert nun mal Evolution: Die rabiaten Übertreiber werden mit der Zeit ausselektiert und verträglichere Nachkommen bleiben übrig. Das sind die, die sich mit den Wirten irgendwie arrangieren können. Das nennt man dann »endemisch werden«. Und das ist das, was ich mir für meine Nachkommen wünsche: endemisch werden im Musikgeschäft.

Ich bin beeindruckt wegen Ihre Einsichtigkeit. Was haben Sie denn nun als Nächstes vor?
Als Liebhaberin italienischer Opern – Sie wissen schon: Verdi, Donizetti und so – möchte ich gerne in diesem Umfeld bleiben. Am liebsten würde ich ein Orchestermitglied, zum Beispiel einen Blechbläser befallen oder die Souffleuse. In ihnen würde ich viele schöne Stunden leicht fiebrigen Musikgenusses durchleben. Und natürlich möchte ich in den nächsten Minuten eine Familie gründen. Gibt es etwas Schöneres, als während der »Una furtiva lagrima« inmitten von Tausenden sich fröhlich replizierenden Kindern zuzusehen, wie sie sich im Zytoplasma einer Lungenzelle tummeln?

Wohl kaum, das muss ich zugeben.
Dann bringen Sie mich jetzt bitte zurück zur Oper.

Gerne. Ich setze Sie am Haupteingang ab. Und danke für das interessante Gespräch.
War mir ein Vergnügen. Adieu! Vive l'evolution!

Sich fügen in Zeiten der
Corona-Pandemie?

Muss ich denn noch betonen, dass ich mich buchstabengetreu an die amtlichen Vorschriften halte? Natürlich nicht, denn alle, die mich kennen, wissen, dass ich kein Rebell, sondern ein folgsamer, disziplinierter und obrigkeitshöriger Staatsbürger bin. Nun hat die Regierung dekretiert, dass alle Bürger zu Hause bleiben sollen, vornehmlich im Wohnzimmer. Oder auf der Veranda. Außerhalb der eigenen Wohnung hingegen sollten sie sich nicht unnötig bewegen, außer vielleicht um lebensnotwendige Artikel einzukaufen oder die neuartigen Laufschuhe mit der pneumatischen Federung zu testen. Als hauptberuflicher Taubenzüchter und Kleinunternehmer in der Vogeldung-Produktion bin ich natürlich nicht darauf angewiesen, in freier Wildbahn zur Arbeit zu gehen. Ich kann mein Tagwerk auf dem Dach unseres Wohnhauses erledigen, und von einer Ausdehnung des Verbots in diesen Bereich ist glücklicherweise noch keine Rede. Es sei denn, es rollt auch noch eine Vogelgrippe auf uns zu.

Wenn ich also nicht im Wohnzimmer auf der Couch sitze, im Fernsehen die neuesten Erkrankungszahlen gespannt verfolge, und mich zufrieden mampfend an meinen gehamsterten Vorräten von Salzstangen und Hefeweizen delektiere, gehe ich rauf zum Kolumbarium und ermuntere meine Schützlinge, in die Welt hinauszufliegen, dies gewissermaßen stellvertretend für mich, der auf absehbare Zeit das Haus nicht mehr verlassen darf. Der Susi habe ich auch eine kleine GoPro um ihren schlanken Hals geschnallt, um wenigstens von oben einige Einsichten zum Zustand der Welt zu erhaschen. Susis Luftaufnahmen kann ich zeitnah auf meinem Handy betrachten und sie sind fast ausnahmslos gut gelungen – außer wenn sie am Ziel ankommt und sich stundenlang von ihren Verehrern vom Kirchturm besteigen lässt: Dann sind sie völlig verwackelt.

Nachdem ich meine Lieblinge, allen voran Resli, Justus, Bibi, Johann-Nepomuk und natürlich die liebestolle Susi, mit ihren Vitaminkörnern verköstigt, die GoPro in die Ladestation gesteckt und die frische Dungproduktion des Vortags aufgeschichtet habe, gehe ich wieder ins Wohnzimmer, lege genügend Salzstangen und Hefeweizen zurecht, dann nehme ich die Fernbedienung in die Hand und beginne mit meiner täglichen Routine. Viel anders als sonst ist es nicht, nur dass ich nur noch einmal in zwei Wochen zum Einkaufen rausgehe anstatt wie bisher wöchentlich. Aber ich weiß, viele Mitbürger sind nicht in dieser glücklichen Lage, haben keine heimische Beschäftigungsmöglichkeit und vor allem, sie sammeln keinen Vogeldung. Das ist bitter. Diesen armen Mitmenschen rate ich: Legt euch eine möglichst zeitverschwenderische Beschäftigung zu, der ihr zu Hause nachgehen könnt, sei es im Wohnzimmer oder auf dem Dach, egal was.

Es gibt so viele schöne Hobbys, die man mit wenig Aufwand und Kosten ausüben kann. Ein

Fernglas kostet nicht die Welt und man kann damit sehr einfach durch die Badezimmerfenster der Nachbarhäuser spähen, was nie langweilig wird und einen erheblichen Unterhaltungswert besitzt. Man kann auch aus alten Zeitungen und Frauenmagazinen die Großbuchstaben herausschnippeln und sie zu netten kleinen anonymen Drohbrieftexten arrangieren, die man den unbotmäßig draußen rumspazierenden Nachbarn in den Briefkasten werfen kann – so geschehen jüngst mit diesem impertinenten Willi vom zweiten Stock, der sein neues ziegelrotes Cabrio demonstrativ unter mein Fenster abstellt, um mir zu zeigen, was für ein toller Hecht er ist. Und dass er es sein wird, der die kleine Hannelore vom Erdgeschoss noch rumkriegen wird und nicht ich, der zwar jede Menge Einfühlungsvermögen in die Frauenseele hat, aber nicht mal ein Elektrofahrrad sein Eigen nennt. Blöder Angeber, der Willi!

Schauen Sie, es gibt noch so viele Möglichkeiten, die Zeit zu Hause totzuschlagen: zum Beispiel Kleidermotten ebenfalls totschlagen. Man braucht dafür keine kostspieligen Jagdutensilien, eine langstielige Bratpfanne tut's auch oder sogar ein Pantoffel, wobei man den anderen während der Hatz sogar noch weitertragen kann. Da es recht viele von diesen Viechern gibt, kann man sich damit tagelang beschäftigen, und wenn man die erlegten Trophäen auf dem Fenstersims nach Art, Geschlecht und Größe sortiert und fein säuberlich ausgelegt hat, kommen weitere Tage köstlichen Amüsements beim Betrachten der Jagdstrecke hinzu. Introvertierten Stubenhockern, denen Gewaltanwendung abhold ist, empfehle ich stattdessen das Zählen von Spiralnudeln aus bereits aufgerissenen Packungen – oder es im Falle längerer Isolationsperioden besser mit Reiskörnern zu versuchen. Mit der ermittelten Zahl kann man viele interessante mathematische Übungen machen, wie die Wurzel daraus ziehen oder die Gesamtzahl mit Pi malnehmen, das Endergebnis mit Streichhölzern auf dem Teppich auslegen und es anschließend genüsslich betrachten. Das ist eine Gaudi! Wem die Zahlenakrobatik keine Freude macht und auch keine andere, kleinformatige Massenware mehr zum Zählappell vorgeladen werden kann, dem empfehle ich das konstruktive Herausziehen von Wollfäden aus der Häkeldecke oder aus dem zu eng gewordenen Winterpulli. Aus dem so gewonnenen Material kann man wiederum Eierwärmer stricken. Alleinstehende Personen können zudem via Video-Messaging einen Fernkurs der Landesakademie für Sinnesreizung und fortgeschrittene Masturbationstechniken belegen, um interessante Anregungen für einen befriedigenden und kostengünstigen Zeitvertreib in den eigenen vier Wänden einzuholen. Vom Badezimmer aus geht das übrigens auch, sofern man dort WLAN-Empfang hat. Man kann schließlich nie wissen, wann man in solchen Krisenzeiten wieder einen willigen Spielpartner für Entspannungsübungen finden wird!

Alles in allem ist der amtlich verordnete Lockdown also gar nicht so schlimm, wenn man mit sich selbst etwas anzufangen weiß. Man muss nur wissen, wo man sinnvoll Hand anlegen kann.

Ich möchte sogar einen Schritt weitergehen und behaupte mal so, dass diese Periode durchaus seine Annehmlichkeiten und Vorteile hat. Ich jedenfalls mache regen Gebrauch von den Möglichkeiten, die mir diese Situation bietet, und schlage einen gewissen ökonomischen Nutzen daraus. Gerne versende ich auf Anfrage frischen Vogeldung in handlichen Halbkilopackungen und gegen ein angemessenes Honorar auch Farbaufnahmen, die wir beide, Susi mit der GoPro und ich mit meinem Teleobjektiv, gemacht haben; nähere Informationen und die Preisliste finden Sie auf www.taubenshit-und-geile-bilder.com.

Ich, der verhinderte Hamsterkäufer

Ich lasse mich nicht so leicht von massenhysterischen Phänomenen anstecken, seien diese die Angst vor der Überfremdung durch isländische Klimaflüchtlinge oder gar der angeblich bevorstehende Weltuntergang aufgrund irgendeines obskuren Ereignisses aus dem Maya-Kalender. Allenfalls könnte mich ein möglicher Mangel an Lutschbonbons noch zeitweilig aus der Bahn werfen, was eine wirklich ernste Sache wäre. Aber wie gesagt, meistens bin ich immun gegenüber Modeerscheinungen gleich welcher Art, selbst wenn diese nachweislich mein Überleben bis zum nächsten kirchlichen Feiertag sichern würden. Mit meiner antizyklischen Lebensweise bin ich bis jetzt gut durchgekommen, außer vielleicht beim Linksabbiegen in den Kreisverkehr. Dort musste ich stets klein beigeben und mich in den allgemeinen Strom der Fahrzeuge einordnen. Aber sonst nichts dergleichen! Im Prinzip bin ich kein Opportunist. Aber dieses eine Mal machte ich eine Ausnahme, und zwar wegen dieses verfluchten Coronavirus – und scheiterte damit kläglich.

Nach gründlichen Überlegungen kam ich zu dem Schluss, dass eine Coronavirus-Infektion schon mal gar nicht eine erstrebenswerte Sache ist. Heutzutage haben wir viel schönere Krankheiten und elegantere Todesarten als schniefend und hustend einzugehen und damit ein armseliges Bild abzugeben, zumal man mit Covid-19 ausgesprochen unschön abnippelt. Dabei sondert man reichlich unappetitlichen Schleim aus allen Körperöffnungen ab; drum will ich auf keinen Fall ein so widerliches Ende nehmen. Wenn mir schon mein letztes Stündlein schlagen soll, muss es bitte sauber, feierlich und erhaben zugehen. Ich möchte gerne von mitleidigen Angehörigen andächtig beweint werden, die ihren mitfühlenden Dackelblick auf meine irdische Hülle richten und sorgsam gewählte Lobeshymnen über mich murmeln. Aber zum Glück ist es noch nicht so weit. Ich habe gerade meine Temperatur gemessen: schallend triumphierende 36,5 Grad!

Trotz meiner erwähnten Abneigung gegen vorherrschende Modeerscheinungen blieb ich diesmal von der aktuellen Entwicklung nicht völlig unbeeinflusst. Als immer mehr Zeitgenossen mit Gesichtsmasken herumliefen, begann ich mir auch eine überzuziehen. Um es sogar besser zu machen, trug ich zusätzlich noch eine am Hinterkopf. Dann hieß es, dass man in der Öffentlichkeit keine engeren körperlichen Kontakte mehr eingehen durfte. Daraufhin hörte ich sofort mit meiner liebgewordenen Gepflogenheit auf, mir auf der Straße entgegenkommende, unbekannte junge Damen unversehens zu umarmen und sie auch noch herzhaft abzuknutschen. Zudem besuchte ich keine Großveranstaltung mehr, außer Saunaklubs. Diese sind die wohl letzten virusfreien Oasen, in denen man sich ungezwungen in angenehmer Damengesellschaft frei bewegen kann. Das ist dem Umstand zu verdanken, dass Coronaviren bekanntlich nicht hitzeresistent sind. Ich schüttle keine Hände, auch nicht den Kopf und schon gar nicht die Beine. Das gilt sogar für meinen stets einsatzbereiten Würfelbecher, den ich als Entscheidungshilfe für lebenswichtige Angelegenheiten stets bei mir trage. Als verantwortungsbewusster Staatsbürger befolge ich die wohlwollenden Anweisungen der Behörden ebenso gehorsam wie die uneigennützigen Ratschläge kompetenter Homöopathen.

Neulich erlebte ich einen ersten Rückschlag beim empfehlungskonformen Verhalten, das mir inzwischen zu einer zweiten Identität geworden war. Und das kam so: In den Nachrichten wurde immer öfter erwähnt, dass vereinzelte Bürger Hamsterkäufe tätigten. Dann häuften sich diese Meldungen, dass dieses Phänomen zu einer Massenbewegung wurde. Ich konnte mir zunächst keinen Reim darauf machen, auf welche mysteriöse Weise der Hamsterkauf einen vor der Infektion schützen würde. Vorsichtig, wie ich inzwischen geworden war, beschloss ich daraufhin, sicherheitshalber ebenfalls mit Hamsterkäufen zu beginnen. Als ich dann allerdings zu meinem ersten Hamsterkauf ausrückte, waren die letzten verfügbaren Exemplare schon restlos ausverkauft. Es waren nur noch Restbestände an Meerschweinchen, Schildkröten und hilflos zwitscherndes Federvieh vorhanden. Damit war natürlich kein Staat zu machen, schon gar nicht in diesen gefährlichen Zeiten. Doch ich gab nicht so schnell die Hoffnung auf, meine nun mal beschlossene Hamsterbeschaffung erfolgreich zu Ende zu bringen. Ich klapperte zunächst alle Zoogeschäfte der Stadt ab, dann diejenigen des Umlands und sogar der ganzen Region. Aber keine der von mir aufgesuchten Tierhandlungen hatte genügend Hamster vorrätig, um mir einen anständigen Schutz zuzulegen. Dabei schraubte ich meine Erwartungen schrittweise zurück: Statt der geplanten drei Dutzend Goldhamster hätte ich auch einen Satz Silberhamster akzeptiert, von mir aus hätten sogar einige bronzene Exemplare darunter sein dürfen. Aber weit gefehlt! Nicht nur, dass die beste Ware bereits weg war, selbst die artverwandten Wüstenspringmäuse waren alle.

Von zunehmender Verzweiflung getrieben, erwog ich einen nächtlichen Einbruch in den eher nachlässig geschützten Tierpark. Ich bin ja ein grundehrlicher Mensch, aber hier ging es ja schließlich um meine Gesundheit. Ich weiß nicht, wie man die tierische Entsprechung für den moralisch eher akzeptablen Mundraub des Verhungernden nennt. Wenn beispielsweise das erheischte Deliktgut ein Mops wäre: Würde man das Hundraub nennen? Für kleine, handzahme Nager weiß ich indes keine sprachliche Entsprechung, vielleicht eine Kombination aus beidem: Hamstermopsen. Was auch immer – ich war bereit zu allem, selbst zu einem nächtlichen Einbruch in das Gehege der Cricetinae genannten Steppenwühler. Aber ich hatte weder den geeigneten Sachverstand noch den erforderlichen Mut für eine solche Aktion. Damit war das keine gangbare Lösung und schon gar kein Ersatz für einen seriösen Hamsterkauf.

So gesehen wollte ich meinen Frust bei einem entspannenden Saunaklubbesuch abbauen. Aber als ich vor der zugesperrten Tür des abgedunkelten Etablissements stand, konnte ich nur noch den nachlässig aufgeklebten Hinweis zur Kenntnis nehmen: Aufgrund der lagebedingt ausbleibenden Kundschaft bleibt unser Saunaklub Nymphen-Dampf bis auf Weiteres geschlossen. Besuchen Sie unsere Website, um den Zeitpunkt der erneuten Betriebsaufnahme zu erfahren.

Hol's der Hamster!

Neueste Erkenntnisse zur Nutzung von Toilettenpapier

Die Knappheit von Toilettenpapier aufgrund von pandemiebedingten Hamsterkäufen hat allen klargemacht, dass es sich hierbei um ein vitales Konsumobjekt handelt, das dem Menschen besonders nahesteht. Diese Nähe wird nicht zuletzt durch den Umstand verkörpert, dass Toilettenpapier regelhaft in den tiefsten Tiefen der hinteren Furche des Konsumenten eingesetzt wird. Dieser geradezu intime Kontakt erfordert es, dass man sich der Mensch-Toilettenpapier-Symbiose mit dem geschulten Auge des Systematikers nähert. Denn schließlich handelt es sich um ein kultur- und zivilisationsübergreifendes Phänomen. Der grassierende Hamsterkauf ist allein schon ein schwer erklärliches massenpsychologisches Phänomen, aber die explizite Bevorzugung von Toilettenpapier bei demselben ist ein noch viel größeres Rätsel. Es gibt mittlerweile viele, überwiegend unbeholfene Erklärungsversuche, darunter die psychoanalytisch fundierte Hypothese, dass sich weit mehr Erwachsene als bisher angenommen noch immer in der Analphase befinden und, von diesbezüglichem Lustgewinn getrieben, die Regale für Hygieneartikel plündern. Dabei liegt eine weit einfachere und pragmatischere Erklärung auf der Hand, nämlich diejenige, die auf die Packungsgröße anspielt. Meine überaus plausible Begründung habe ich persönlich entwickelt und in aller Bescheidenheit erwarte ich wegen der globalen Bedeutung dieser Erkenntnis die immerwährende Dankbarkeit der Fachwelt. Außerdem rechne ich fest damit, deswegen wissenschaftliche Unsterblichkeit zu erlangen.

Hier nun meine praktisch unwiderlegbare Toilettenpapier-Hamsterkauf-Hypothese: Erstens nimmt die Packung mit zwanzig und mehr Papierrollen sehr viel Platz ein, sodass in den entsprechenden Regalen nur wenige dieser Ungetüme einsortiert werden können. Wenn der Bedarf nur geringfügig höher ist als sonst – wovon man bei einer Viruspandemie ohne Weiteres ausgehen kann –, braucht es nur wenige Käufer, um dieses Regal in kurzer Zeit zu leeren. Zweitens sehen später eintreffende, noch nicht vom Hamstern-Wahn infizierte Kunden die gähnende Leere anstelle des Toilettenpapiers und obwohl sie gar nicht vorgehabt haben, es zu kaufen, schrillt bei ihnen die Alarmglocke mit der Meldung: »Oha, es gibt kein Klopapier mehr!« Drittens eilen daraufhin die unangenehm überraschten ersten Entdecker dieses Sachverhalts ins nächste Geschäft, um noch rechtzeitig an die scheinbare Mangelware zu kommen. Ruck zuck sind dort nun die Regale aus den erstgenannten Gründen ebenfalls bald leer. Auf diese Weise entfesselt sich eine Kettenreaktion, die zur bevorzugten Knappheit dieses ansonsten eher krisenneutralen Produkts führt (Dankesurkunden, Medaillen und sonstige Gaben bitte bei der Herausgeberin auf meinen Namen abgeben).

Aus anthropologischer Sicht lässt sich die enge Assoziation zwischen dem WC-Papier und seinem menschlichen Benutzer ebenfalls analysieren, sodass nunmehr nach mehrjähriger Erforschung dieses eigenartigen Phänomens ein weitgehend klares Bild entsteht. Kundige griechische Forscher von der Konstipatin-Aborta-Universität Athen haben errechnet, dass ein gesunder Mensch mit normaler Lebenserwartung und einer unauffälligen Verdauung bis an sein Lebensende im Durchschnitt 55 Kilometer Klopapier verbraucht, was in etwa dem Abstand zwischen Aachen und meiner Sonnenbrille entspricht, die ich gestern im Bistro der Autobahnraststätte Düren versehentlich liegengelassen habe. Für diese gewaltige Menge mit Fichtennadelduft imprägnierten Feinripppapiers könnte man ebenso gut genügend Schmuddelheftchen und Knabberzeugs kaufen, um drei erwachsenen Männern ein ganzes Leben lang unbändige Freude zu bereiten. Doch damit sind die naheliegenden Analogien noch lange nicht erschöpft. An der Kunstakademie von Mainz-Kastel hat man sich gleichfalls ernsthafte Gedanken zum gewaltigen zeitgenössischen Toilettenpapierverbrauch und den Auswirkungen auf den Kunstbetrieb gemacht. Dort ist man zu der bahnbrechenden Erkenntnis gelangt, dass allein die übrig bleibenden Klopapierrollenpappkerne genügend Grundmaterial für Bastelarbeiten in allen Kindergärten von Sachsen-Anhalt abgeben. Selbst bei eifriger Nutzung durch sämtliche süßen kleinen Bastler des Landes könnten damit mindestens zwei Jahrgänge versorgt werden – vorausgesetzt, sie würden mit diesem wertvollen Rohstoff zuverlässig beliefert. Die anhaltinische Landesregierung erwägt angeblich schon Sofortmaßnahmen, um die Versorgung mit diesem essenziellen Kulturgut sicherzustellen.

Die Europäische Kommission hat in ihrem jüngsten Jahresbericht auf den erfreulichen Umstand hingewiesen, dass es allen 27 Mitgliedstaaten gelungen ist, sich auf eine einheitliche Perforationstechnik zu einigen. Damit ist das Abtrennen von einzelnen Blättern von der intakten Rolle wesentlich einfacher geworden, wobei die Risspräzision und -sauberkeit noch zu wünschen übrig lassen. Gewisse Unregelmäßigkeiten und Zipfelerscheinungen kommen gelegentlich noch vor, wenn bei mehrlagigem Papier die Risskanten nicht passgenau übereinstimmen. Offenbar wird an diesem Problem bereits mit Hochdruck gearbeitet. Man hat mittlerweile geeignete Schablonen entwickelt, um die verschiedenen Papierlagen zu einer besseren Deckungsgleichheit zu bringen. Ein technischer Durchbruch in dieser Sache wird noch in diesem Jahrzehnt erwartet.

Ein weiterer wesentlicher Aspekt der Klopapiernutzung ist deren Einspannen in die jeweiligen Abgabevorrichtungen. Hierbei unterscheiden wir zwischen mobilen und festen Spendern. Die mobilen befinden sich meist auf der hinteren Hutablage von Personenkraftfahrzeugen und bestehen in der Regel aus kunstvoll gehäkelten Stoffröhren, deren Hauptaufgabe jedoch nicht die Aufbewahrung ist. Nein, sie dienen vor allem der

Zurschaustellung der kunsthandwerklichen Fähigkeiten der Beifahrerin und erfüllen erst in zweiter Linie eine gewisse Abdeckfunktion. Im Gegensatz dazu sind die stationären Abgabevorrichtungen nichts anderes als künstlerisch unspektakulär an Toilettenwände fest montierte Rollenhalter. Diese werden oft mit einem gefederten Deckel versehen und befinden sich von der Toilettenschüssel aus betrachtet in Griffweite des darauf sitzenden Nutzers. Es gibt allerdings glaubhafte Berichte darüber, dass in speziellen Fällen – und zwar in gewissen Armutszonen – kein Deckel über dem Rollenhalter angebracht ist. Dieser bedauernswerte Umstand führt dazu, dass die eingefügte Papierrolle leichter durchdrehen kann, was einer nutzlosen Verschwendung dieses wertvollen Guts durch unkontrolliertes Abrollen Vorschub leistet.

Über die erwähnte, vor allem ökonomisch relevante Deckelfrage hinaus gibt es im Zusammenhang mit der Toilettenpapieranbringung einen weiteren wesentlich wichtigeren Umstand: nämlich den der Abrollrichtung. An dieser scheiden sich die Geister, seit es aufgewickeltes Klopapier gibt. Die in dieser Sache völlig uneinigen Kontrahenten lassen sich im Wesentlichen in zwei Lager einteilen. Da ist einerseits die Mehrheitsfraktion der »Abrollung zum Raum hin« und andererseits die Minderheitsfraktion der »Abrollung zur Wand hin«; die Feindschaft zwischen diesen beiden Parteien hat mittlerweile groteske Züge angenommen und deren Exponenten verweigern standhaft den Dialog mit der Gegenpartei. Hierdurch wird jede Kompromissfindung verunmöglicht, sodass auf absehbare Zeit auch nicht mit einer Einigung zu rechnen ist. Früher hatte man versucht, den Disput durch behutsam moderierte Debattierrunden zu überwinden, aber die dabei stets aufgeflammten Raufereien führten zu einem endgültigen Abbruch jeglicher Einigungsbemühungen. Ferner gibt es noch eine kleine Gruppe von blockfreien Abrollern, die sich standhaft weigern, einer der beiden Fraktionen beizutreten. Sie stellen ihre Klopapierrollen demonstrativ seitwärts auf – wohlgemerkt, ohne sie in irgendetwas einzuspannen. Sie beharren auf dieser anspruchslosen Art der Nutzung mit der Begründung, dass dies technisch weniger anfällig und ressourcenschonender sei. Dabei bemühen sich die beiden konkurrierenden Abrollfraktionen unablässig, die »Blockfreien« für sich zu gewinnen, denen sie auf unfaire Weise eine Art naive Unentschlossenheit vorwerfen. Sie versuchen, ihre eher widerwilligen Gesprächspartner durch vielfältige Vergünstigungen zu ködern, zum Beispiel durch die Verteilung von Gutscheinen für den Besuch von kostenpflichtigen Aborten. Vereinzelt wurden prominente »Auswärtsabroller« dabei beobachtet, wie sie in Autobahnraststätten gebrauchte Toilettengutscheine aus den Abfallkübeln klaubten, um sie wiederaufzubereiten und als Lockmittel einzusetzen.

Nur in unterentwickelten Ländern kennt man keine Konflikte um die ideologisch richtige Abrollrichtung, da eine große Mehrheit der Nutzer

statt herkömmlicher Klopapierrollen lediglich po-
pogerecht zurechtgezupftes Zeitungspapier ver-
wendet. Diese in etwa A5-großen, grob
zusammengefügten Blätter werden an einer Ecke
an rostigen Nägeln aufgehängt und durch for-
schen Zug nach unten herausgerissen. Die ausgesprochen bescheidenen Verbraucher können nur
in ihren kühnsten Visionen von hautfreundlichen,
flauschigen Materialien träumen, die den Anus
nicht nur säubern, sondern sogar salben.

Bei Ämtern, Firmenverwaltungen und sonsti-
gen bürokratischen Einrichtungen herrscht bekanntlich ein sehr großer Wischbedarf, dem mit
einer besonderen Variante des Toilettenpapiers
begegnet wird, nämlich der sogenannten mehrla-
gigen. Im internationalen Sprachgebrauch wird
diese Variante auch »multi-foil« genannt, ein technisch hochkomplexes Produkt, das nicht nur eine
höhere Reißfestigkeit beim Gebrauch, sondern zudem mannigfache Zusatzvorteile bietet. Während
das jeweilige frisch bedruckte Original gerne ver-
wendet wird, um Untergebenen beim jährlichen
Qualifikationsgespräch den persönlichen Zugang
zu ihren jeweiligen Vorgesetzten zu erleichtern,
werden mindestens zwei Durchschläge zu den
Akten gelegt. Dieser Vorgang ist bestens geeignet,
um den ausgeprägten Dokumentations- und Ar-
chivierungsbedürfnissen der betroffenen Behörden zu entsprechen. Die dergestalt gesammelten
Akteneinträge füllen mittlerweile kilometerlange
Ablagen innerhalb der Institutionen und erlauben
jederzeit einen Rückgriff auf frühere Wischleis-
tungen. Man sagt, bei Kommunalbehörden seien

diese archivierten Akten fast bis in die Mitte des 20. Jahrhunderts lückenlos zurückzuverfolgen. Seit geraumer Zeit besteht obendrein die Verpflichtung, für jeden Jahrgang eine übersichtliche Zusammenfassung der abgelaufenen Wischtätigkeiten des Führungspersonals zu erstellen. Speziell geschulte Mitarbeiter sind damit beschäftigt, diese Dokumente zu analysieren, statistisch auszuwerten, grafisch aufzuarbeiten und in leicht verständlicher Form der interessierten Fachöffentlichkeit zugänglich zu machen.

Eine exzellente, wissenschaftlich fundierte und sprachlich hervorragende Zusammenfassung der Bedeutung von Toilettenpapier in Biologie, Quantenmechanik und gastronomisch-reduktiver Linguistik ist vom bedeutenden japanischen Diabetiker Katzikuro Daumisugi (1947–2011) erstellt worden, welches aber angeblich nur in zwei handschriftlichen Exemplaren existiert. Eines wird für die Öffentlichkeit unzugänglich im Staatsschatztresor des Tennos aufbewahrt, das andere befindet sich für Forschungszwecke im Max-Planck-Institut Garching bei München. Dort wird es durch eine ausgesuchte Forschungsgruppe seitenweise einem wischtechnischen Stresstest ausgesetzt, von dem man sich weiterführende Erkenntnisse zur Hygiene der Zukunft verspricht. Mit anderen Worten: Dieses einzige zugängliche Exemplar von Daumisugis epochalem Werk ist zum jetzigen Zeitpunkt zumindest teilweise »im Arsch«.

Endlich aufgedeckt: Wo die Verschwörungstheorien herkommen

In den Medien kursieren viel zu viele Theorien über die Ursachen der Pandemie. Man weiß nun gar nicht mehr richtig, was und wem man glauben soll. Da werden alle möglichen Gruppeninteressen diversen Interessengruppen zugeschrieben, was die Fantasie eben hergibt. Es ist fast nicht auszudenken, welche langfristigen Folgen diese Überflutung mit sich stets abwechselnden Verschwörungstheorien für uns alle haben wird. Von den armen, ahnungslosen Meerschweinchen ganz zu schweigen …

Ein großes Problem mit den wild wuchernden Vermutungen ist, dass ernsthafte Beschuldigungen erhoben werden, ohne dass dafür handfeste Beweise vorliegen. Ebenso fehlt es an konzisen Erklärungsmodellen, die nachvollziehen ließen, wer mit wem, wer gegen wen, insbesondere auch warum, wieso schon wieder und überhaupt. Den anfangs verdächtigten Radfahrern mag das ja egal sein, da sie noch jung sind und gut strampeln können. Aber die Meerschweinchen sind wieder mal die letzten, die die Wahrheit erfahren. Was jedoch am schlimmsten ist: Niemand weiß, wo die Verschwörungstheorien überhaupt entstehen. Die schiere Masse der im Umlauf befindlichen Hypothesen lässt darauf schließen, dass es sich um ein großes, sehr leistungsfähiges und vermutlich staatlich gefördertes Unternehmen handeln muss, das die Medien ständig mit ihrem Output füttert.

Aber die Unklarheit über die Herkunft der Verschwörungstheorien hat nun ein Ende. Voller Stolz können wir vermelden, dass unsere zwei investigativ tätigen Agenten, nämlich Nr. 008 (Heiner Lachkramp-Gonzales) und Nr. 015 (Graziella Gundula Günzel) in minuziöser Kleinarbeit herausgefunden haben, dass die Quelle der meisten Verschwörungstheorien im finnischen Norden zu suchen ist: etwa dort, wo die Autobuslinie 977 den Polarkreis schneidet. Nur ihrer Intuition folgend und lediglich mit Wünschelruten bewaffnet, konnten unsere beiden Kundschafter die vermutete Quelle außerhalb der Ortschaft Pittipalki lokalisieren. In einer abseits von der Hauptstraße gelegenen Waldlichtung entdeckten sie den Campus der Philosophischen Fakultät der Freien Universität von Lappland. Nach Einbruch der Dunkelheit konnten sie sich unbemerkt ans Haus 48-D2 heranschleichen, an dessen Eingang eine Tafel mit der verräterischen Aufschrift »Laboratorio Erittäin Salaisille Machinaatioille« (frei übersetzt: Labor für Sehr Geheime Machenschaften) den Verdacht erhärtete, dass dort eifrig an Verschwörungstheorien gearbeitet wurde und wird. Durch ein unbewachtes Fenster machten die beiden Agenten ihre aufschlussreichen Beobachtungen und konnten entlarvende Filmaufnahmen von der geheimnisvollen Apparatur machen, von der sie annehmen mussten, dass sie die Mehrzahl der aktuellen Verschwörungstheorien erzeugt.

Unsere beiden Spione (008 und 015, im Agentendurchschnitt somit als Nr. 11,5 gelistet) filmten jenen nagelneuen Verschwörungs-Theorien-Zufalls-Generator der 3. Generation (VTZG 3.0), während er mit Volldampf dabei war, eine Verschwörungstheorie nach der anderen auszuspucken. Zwar wurde der Apparat von seinen Betreibern mit einer Plastikplane überdeckt, auf der die irreführende Aufschrift »Dies ist nur eine Brotbackmaschine« stand, wovon sich unsere Nullachtfünfzehn jedoch nicht irreführen ließen. Auf der Frontseite war deutlich der Bildschirm zu sehen, auf dem die aktuell ausgebrütete Theorie flimmerte. Gleich daneben blinkte ein digitaler Zähler, der die Sekunden bis zum Ausspucken der nächsten Theorie klar und deutlich anzeigte, fast so schön und präzise wie an einer Mikrowelle.

Die beiden Entdecker verbrachten Tage und Wochen im Wald von Pittipalki. Sie zelteten bei Minustemperaturen, trotzten den Schneestürmen, wobei sie sich lediglich mit einem Campingkocher etwas heißen Kiefernadel-Punsch zubereiten konnten. Und sie aßen von ihrem Vorrat kalter Salzstangen, die sie sich in einer komplexen Beschaffungsaktion in einem nahen Tankshop erbeutet hatten. Zwei der mitgebrachten, eigens zum Schnüffeln abgerichteten Meerschweinchen verstarben während der Aktion an Unterkühlung. Aber unsere Elfeinhalb-Agenten ließen sich nicht von ihrer Mission abhalten. Auch ohne Schnüffeltiere gelang es ihnen, die Arbeitsweise des VTZG 3.0 gründlich auszukundschaften, darüber regelmäßig Berichte zu verfassen und diese umgehend an die Redaktion zu senden, was wir als

Meisterleistung der investigativen Industriespio-
nage verbuchen können. Sie berichteten, dass die
Maschine an guten Tagen sechs hoch dreiund-
zwanzig Teraflops und sogar doppelt so viele
Gleitkommarechnungen pro Sekunde schafft –
das allerdings nur, wenn sie sich dabei nicht ver-
schluckt. Entscheidend ist, dass der Apparat ohne
Unterbrechung an das weltumspannende Netz-
werk der universitären Großrechner angeschlos-
sen bleibt und jederzeit auf die Datenbanken der
anderen akademischen Institutionen zurückgrei-
fen kann. Gleichzeitig wird er über einen überdimensionierten Trichter an seiner Oberseite mit
frischen Informationen zur allgemeinen Gemüts-
lage der Bevölkerung befüllt. Hierbei müssen
dem Nachrichtenstrom regelmäßig Verdau-
ungstabletten hinzugefügt werden, damit die Maschine mit der gewaltigen Datenmenge fertig und
der besonders empfindliche Prozessor auf der
Hauptplatine und dessen recht anfälliger Hyper-
bolzen-Sauerteig-Kernel nicht überfordert wird.
Während der heimlichen Beobachtungsperiode
von fünf Wochen war es mehrfach vorgekommen,
dass sich der Verschwörungsgenerator ver-
schluckte und ganz furchtbar rülpsen musste. Dabei ergossen sich Hunderte Theoriebruchstücke
auf den Boden und mussten in aufwändiger
Puzzlearbeit von Hand zusammengesetzt werden, bevor sie an die Nachrichtenagenturen wei-
tergegeben werden konnten.

Schließlich kam zum Glück für die beiden
Agenten der finnische Nationalfeiertag, der *Suo-
men itsenäisyyspäivä*, welcher, wenn man nichts

Besseres zu tun hat, auch *Kansallispäivä* genannt wird. An diesem Feiertag blieb die Anlage abgestellt und zeitweilig stand sie im Dunkeln verlassen da. So konnten unsere zwei Spione ungestört ins Labor für Sehr Geheime Machenschaften eindringen und den VTZG 3.0 noch genauer untersuchen. Sie schafften es sogar, das Ding für kurze Zeit in Betrieb zu setzen und einen kleinen Probelauf damit zu machen. Dabei fanden sie heraus, dass der Apparat im Wesentlichen über eine Eingangs- und eine Ausgangsseite für Daten verfügt, die unter Kennern wie uns Input und Output genannt werden. Die Inputseite besteht aus drei voneinander unabhängigen Eingabefeldern. Deren Rolle kann man sich am besten mit den Fragewörtern Wer, Wie und Wozu vorstellen; so steht es wörtlich im Bericht unserer Spione. Das Wer steht angeblich für den interessierten Personenkreis, der das Coronavirus in verschwörerischer Absicht erzeugt und freigesetzt hat. Das Wie ist komplexer und beinhaltet den Vorgang, der benutzt wurde, um das Virus zu verbreiten. Und das Wozu beantwortet schließlich die Frage, welchem Zweck die jeweilige Verschwörung gedient haben mag.

Um die Arbeit mit dem VTZG 3.0 zu erleichtern, hatten die pittipalkischen Entwickler einige populäre Eingabemöglichkeiten für die drei Inputfelder vorbereitet, die in einem Menü direkt ausgewählt werden können. Unter den üblichen Verdächtigen finden sich vorprogrammierte Verursacher der Viruspandemie wie die Chinesen, die Freimaurer, die Juden, Bill Gates, Flüchtlinge, geklonte Meerschweinchen, ein pensionierter Historiker aus der Schweiz, Frühlingszwiebeln, der Sarotti-Mohr (sic!) und ein sattsam bekanntes rosarotes Karnickel mit einer umgeschnallten Trommel aus der ökologisch fragwürdigen Industrie für alkalische Batterien. Unter dem Wie findet man vorgefertigte Kurzerklärungen, wie »in der Area 51 zusammengebaut« oder »in einem malaysischen Biowaffenlabor gezüchtet«, »von Außerirdischen zum Vatikan gebracht und von einem Kurienkardinal unter seinem Hut eingeschmuggelt« oder ganz schlicht »mittels intensiver Psychomanipulation verzweifelter Nudisten unter die Leute gebracht, als wären das nackte Tatsachen«. Schlussendlich beim Wozu fehlt es natürlich nicht an den einschlägigen Beweggründen für diese Niederträchtigkeit, nämlich »aus purer Bosheit«, »um die Bevölkerungszahl zu reduzieren«, »um die Ernteerträge in den armen Ländern zu vernichten«, oder »blonden, hellhäutigen Spargelzüchtern einen Vorteil zu verschaffen«, um nur einige zu nennen. Im Default-Modus steht unterdessen einfach: »um die Weltherrschaft an sich zu reißen«.

Die Output-Seite spuckt schlussendlich das Resultat des Zufallsgenerierens aus, indem sie die einzelnen Komponenten anhand der gerade einfließenden Nachrichtenlage nach Probabilitätskriterien sortiert und der Weltöffentlichkeit die glaubwürdigste Kombination verkündet. Das geschieht natürlich vollautomatisch, wobei die Maschine nicht einfach nur einen Wer-wie-wozu-Slogan auf dem Bildschirm anzeigt, was wohl zu simpel wäre. Nein, sie füttert sämtliche Informationskanäle und Medien mit ihrer neuesten Erkenntnis bis hin zur Facebook-Seite von Elvira Schröder, meiner Nachbarin. Sie lässt diese Nachricht obendrein unentwegt im weltweiten Netz zirkulieren, bis die nächste Theorie entstanden ist und die vorherige ablösen kann. Auf diese Weise kann niemand mehr behaupten »Ey, isch hab von alldem nüscht gwusst«, wie das gerne von den Scheinheiligen aller Länder allenthalben verkündet wird. Nur die unschuldigen Meerschweinchen merken tatsächlich nichts und erdulden ihr Schicksal ohne Murren.

Am letzten Tag ihrer Aufklärungsmission konnten unsere beiden Agenten noch die neueste Verschwörungstheorie aus Pittipalki noch während ihrer Entstehung vom Bildschirm ablesen. Diese besagte, dass es zwangspensionierte peruanische Postbeamte waren, welche die Coronaviren mittels manipulierter Blasinstrumente in Fernsprechverbindungen eingeschleust hatten, um ihren ungeliebten Nachfolgern im Amt eins auszuwischen. Diese selbst für ignorante Meerschweinchen glaubhafte Theorie hat nun gute Chancen, von vielen Nachrichten-Konsumenten für wahr gehalten zu werden. Sie wird vielleicht erst in Wochen durch eine neue, noch plausiblere Hypothese abgelöst. Derweil blicken wir gespannt in die Zukunft und sind erleichtert, dass wir es besser wissen als alle anderen.

Als Corona-Flüchtling in Dubai – ein Reisebericht

Das nasskalte graue Novemberwetter hätte vielleicht allein genügt, um nach einem wärmeren Zufluchtsort zu suchen. Die über uns heranflutende nächste Welle der Corona-Pandemie hat dann aber den wahrhaft zwingenden Grund geliefert, aus unserem virusgebeutelten Heimatland am Nordrand der Alpen zu flüchten. Mein innewohnender Fluchtreflex aus tatsächlich oder vermeintlich gefährlichen Situationen hat sich bei mir mit steigendem Alarmismus gemeldet und meinem inneren Gehör die Aufforderung kundgetan: »So verlasse deine Zelte und gehe hin, wo kein Virus dräut. Dort miete dich in ein Fünf-Sterne-Hotel ein, auf dass dich dort gottgefällige Wohltaten erwarten mögen. Und der Herr sprach außerdem: ›möglichst all inclusive!‹«

Als gelernter Panikmacher weiß ich, dass man in Krisenzeiten seiner Intuition vertrauen soll. Schließlich hat sie viele frühere Generationen meiner ehrwürdigen Vorfahren vor Gefahr gerettet, was bereits dadurch bewiesen wird, dass es mich überhaupt gibt – und das sogar ohne Zugang zum Internet, wie ich ihn jetzt habe.

Also nutzte ich diese mir nun einmal gegebene Möglichkeit, um einen geeigneten Fluchtort zu finden, an dem ich mich für eine Weile verkriechen konnte. Einen Ort, der außerhalb der Reichweite der heimtückischen Viren, der obendrein am Meer gelegen und mit einer guten Gastronomie gesegnet ist. Eine wohlausgestattete Minibar wäre da auch nicht zu verachten.

Die Wahl möglicher Fluchtziele war letztlich nicht so schwierig. Denn fast alle Länder der Welt haben bessere Corona-Statistiken als unsere heimatliche Schweiz. Infolgedessen lassen sie einen, der von dorther einreisen will, gar nicht erst rein. Aber es gibt einige rühmliche Ausnahmen wie die Antarktis, die Malediven, Ägypten und die Vereinigten Arabischen Emirate. Die Antarktis lockte zwar mit sehr günstigen Preisen (im Iglu mit eigenem Schlafsack), aber die Küstengegend ist dermaßen von Pinguinen verdreckt, dass es mich nicht wirklich dort hinzog. Die Malediven strichen wir als zweite von der Liste; erstens gibt's dort keine Berglandschaften für ausgedehnte Wanderungen und zweitens sind sie zu teuer. Nach Ägypten wiederum fanden sich vor allem keine gut terminierten Flugverbindungen. Entweder hätten wir umständlich umsteigen oder uns auf dem Weg dorthin die Nachtruhe um die Ohren schlagen müssen – für mich ein nicht hinnehmbares Unding. So blieb Dubai übrig. Zwar gibt es da auch keine nahegelegenen Berglandschaften und der Flug ist mit fast sechs Stunden auch recht lang. Aber man findet auf Schritt und Tritt gewaltige Einkaufszentren, die einen zu den aufregendsten Abenteuern einladen – insbesondere, wenn die Frau die Kreditkarte ergreift. Auch sonst passt es. Und das himmlische Gebot des »all-inclusive« kann ebenfalls erfüllt werden. Und wie!

Also buchte ich für meine Frau und mich einen zweiwöchigen Aufenthalt auf einer künstlich aufgeschütteten Sandbank namens Palm, wo ganz zufällig ein Hotel steht, das die obengenannten erforderlichen Eigenschaften aufweist. Und so kam es, dass dieser Bericht sowohl aus Dubai als auch aus Verzweiflung entstanden ist.

Nun muss ich zugeben, auch dorthin ist es nicht ganz einfach hinzukommen. Erstens braucht man ein Attest, dass man selbst Corona-negativ ist. Eine einfache ärztliche Bescheinigung, die ich mir als Hippokrates-Jünger sogar selbst ausstellen könnte, geht natürlich nicht. Sie muss von einer anerkannten Institution ausgegeben werden und auf Englisch oder Arabisch verfasst sein. Zudem sollte sie möglichst nur kurz vor der Ankunft in Dubai erstellt worden sein, sonst gilt sie nicht. Das wiederum beinhaltet das Risiko, dass man des vorhandene, eher knappe Zeitfenster verpasst. Geht man erst unmittelbar vor dem Abflug hin, kann es passieren, dass man das Ergebnis noch nicht hat und nicht mal an Bord gelassen wird. Geht man sicherheitshalber ein wenig zu früh hin, läuft man Gefahr, dass das Ergebnis nicht mehr aktuell ist.

Glücklicherweise haben wir den richtigen Zeitpunkt erwischt und unsere Zertifikate einige Stunden vor Abflug erhalten. Dafür mussten wir uns einem komplexen administrativen Verfahren mit Online-Anmeldung und eng abgestimmter Zeitzuweisung unterziehen. Danach mussten mehrere Formulare ausgefüllt und nicht zuletzt eine horrende Summe bezahlt werden. Diese entsprach einem mittleren Lösegeld bei der kolumbianischen Mafia. Das Schlimmste jedoch war die ziemlich unangenehme Prozedur, die für den Nachweis der Virusabsenz erforderlich ist. Eine kleine Blutabnahme hätte mir nichts ausgemacht, aber dieses Wattestäbchen in der Größe eines Kehrbesens in einem Nasengang zu ertragen, verlangt schon eine erhebliche Folterresistenz. Ich war nahe dran, alles zu gestehen, selbst Dinge, die ich nie getan hatte, als die erbarmungslose Kollegin das Ding endlich wieder aus mir herauszog und in einem Röhrchen mit meinem Namen versenkte. Dasselbe Martyrium musste wohl auch meine Frau erdulden, doch weiß ich darüber nichts Näheres, denn sie schweigt beharrlich über das Erlebte, so wie Gemarterte, die Misshandlungen überlebt hatten. Aber was tut man nicht alles, um sich der Infektionsgefahr zu entziehen? Eine Erkrankung wie durch Corona ist alles andere als erstrebenswert, erst recht, da sie unter anderem mit dem Verlust des Schmeckens und Riechens einhergeht. Das wiederum ist für einen Gourmet meines Schlages wohl schlimmer als der Tod.

Mit den sorgsam ausgedruckten Negativbescheiden in der Hand und einem Nachweis der Krankenkasse, der besagte, dass man uns im Falle plötzlichen Siechtums tot oder lebendig wieder nach Hause zurückschaffen würde, stellten wir uns am Check-in an und erhielten nach Austausch einiger Zweifel ausdrückender Blicke seitens der Schalterbeamtin erleichtert unsere Bordkarten.

Der Flug entsprach danach in etwa einem doppelten Kinobesuch. Denn ich hatte gerade mal Zeit, zwei durch ärgerliche Kabinendurchsagen unterbrochene Filme anzusehen und eine Mahlzeit einzunehmen. Natürlich musste man ständig einen Mundschutz tragen und durfte ihn nur zur Ernährung kurz herunterziehen.

Und schon landeten wir in Dubai, kurz vor Mitternacht, Ortszeit. Die Einreise selbst ging keinesfalls mit orientalischer Gemütlichkeit vonstatten. Nein, Dubai ist in jeder Hinsicht bestens durchorganisiert und selbst die plötzliche Entladung größter Menschenmassen wird dort mühelos bewältigt, erst recht in Pandemiezeiten, wenn ohnehin weniger Reisende ankommen. Wir mussten nun erneut die Bescheinigungen vorweisen; auffällig unauffällig wurde mit kleinen Handgeräten wiederholt die Temperatur von uns Ankömmlingen erfasst. Bei der Passkontrolle mussten wir darüber hinaus unsere Gesichter in eine Spezialkamera halten. Die klickte unmerklich leise und der Herr im blendend weißen Nachtgewand und einer schwarzen Stoffschlange ums Haupt ließ uns passieren. Nur zu gerne hätte ich den freundlichen Passbeamten wegen der selbstlosen Gastfreundschaft der Emiratis gegenüber Pandemie-Flüchtlingen umarmt und geherzt. Aber ich musste der Hygiene halber meine brüderlichen Nächstenliebe zügeln und beschränkte mich auf eine angedeutete Kussgeste unter meinem Mundschutz in seine Richtung.

Die nächtliche Taxifahrt zu unserer Sandbank machte den unwirklichen Eindruck, als seien wir inmitten eines Science-Fiction-Films gelandet. Rechts und links der sechsspurigen Autobahn erhoben sich die Unterseiten von wolkenkratzenden Glaspalästen. Einige waren noch im Bau und somit noch ganz dunkel. Sie wirkten wie erlegte Mammuts in futuristisch anmutenden Sternenstädten. Lautlose Hochbahnen huschten entlang unserer Strecke in beide Richtungen und allenthalben blinkten, strahlten und glitzerten bunte Lichter um uns herum. Wir passierten weitere gigantische Strukturen, die wie prähistorische Monolithen aussahen, als entstammten sie einer mit den Geheimnissen der Elektrizität vertrauten Megalithkultur: Carnac und Stonehenge mit Leuchtreklame. Nur die flimmernden großflächigen Reklamemonitore mit zeitgenössisch aussehenden, zufrieden lächelnden Menschen, die alle möglichen Luxusartikel verwendeten, erinnerten uns an die Gegenwart der uns vertrauten Konsumwelt – nur alles viel größer, schillernder und luxuriöser.

Wir verbrachten die erste Nacht in einem komaähnlichen Schlaf, meiner angereichert mit Albträumen von primitiven Opferzeremonien auf einer überdimensionierten Registrierkasse. Davor zelebrierte ein als Kaufhausdirektor gekleideter Hohepriester verschiedene rituelle Handlungen, die offenbar meiner bevorstehenden Hinrichtung wegen positiven Coronatests voranzugehen hatten. Ich hatte mir vorgenommen, die augenscheinlich vorgesehene Pfählung mit einem gigantischen Wattestäbchen tapfer zu ertragen, um keine Schande über die Meinen kommen zu lassen, als ich vom Wecker bei gleißendem Schein der subtropischen Morgensonne geweckt wurde. Ich hatte ihn auf halb zehn gestellt, um das erste Frühstück nicht zu verpassen. Letzteres wurde uns gewährt, allerdings durfte man nichts selbst anfassen. Neben jedem Käsewürfel und Joghurtbecher stand ein maskenbewehrter und behandschuhter Mitarbeiter, der in die Auslage griff und einem das Gewünschte auf den Teller legte. Nur das Rühren mit dem Löffel im Kaffee musste man noch allein machen.

Damit war schon der schwerste Teil des Tagwerks erledigt. Von da an blieb uns nichts anderes übrig, als an den Strand zu gehen, die sorgfältig eingepackten Handtücher entgegenzunehmen und uns auf die in Reih und Glied aufgestellten Liegen zu werfen. Gegen Nennung der Zimmernummer brachten eilfertige Bedienstete kleine Häppchen vorbei. Das war dann im »all-inclusive« allerdings nicht inbegriffen. Wozu auch? Es war ja im Kleingedruckten klar angegeben, dass Snacks und Getränke nicht dabei sind. Es sind halt schwere Zeiten, auch und gerade für die Hotellerie. Und wer, erlaube ich mir zu fragen, soll sie retten, wenn nicht wir? Aber um meiner Frau eine kleine Freude zu machen, ist mir nun mal nichts zu teuer. Darum ließ ich meine Allerliebste auch gerne dabei genüsslich zuschauen, wie ich in der Mittagshitze ein großes Glas Bier leerte.

So verging also unser bisher erster schicksalsschwerer Tag als Corona-Flüchtling am Persischen Golf. Nun hofften wir, dass sich bis zu unserer Rückkehr in zwei Wochen die Situation daheim wieder entspannte und wir uns, aus den unbarmherzigen Klauen des »all-inclusive«-Geschäftsgebarens befreit, in unser sicheres und keimfreies Heim zurückkehren könnten.

Wir hatten Übernachtung mit Frühstück und Halbpension gebucht. So bestand gar keine Notwendigkeit, unser Hotel zu verlassen. Dementsprechend lebten wir während der ersten Woche praktisch in einer freiwilligen, lockeren Quarantäne. Das war damit schon mal eine gute Übung für eventuelle Zwangslagen, die uns daheim noch bevorstehen konnten. Inzwischen wissen wir, das es genau so gekommen ist: Stichwort Lockdown. Damals sah es so aus, dass wir ungestraft nach Hause in die Schweiz zurückkehren könnten und so war es dann auch. Aber nichts ist wirklich sicher heutzutage, nicht mal die Heimkehr aus der Fremde.

Also strukturierte sich unser Aufenthalt im Hotel an der Peripherie der Palm-Halbinsel im Wesentlichen nach den Mahlzeiten, sodass wir nur zusehen mussten, die Zeit dazwischen mit etwas zu füllen. Zusammengefasst war das dann jeden Morgen die Abfolge von Frühstück – Surfen im Internet – Aufenthalt am Strand – Imbiss – Aufenthalt am Pool – Surfen im Internet – Abendessen – Schlafengehen. Und am nächsten Tag alles wieder von vorn. Um eine gewisse Abwechslung zu schaffen, haben wir ab dem vierten Tag die Reihenfolge der Aufenthalte an Strand und Pool umgedreht. Das war eine große Erleichterung.

Es steht geschrieben, dass man am siebten Tage ruhen soll. Da wir die ganze Zeit geruht hatten, interpretierten wir dieses Gebot im Sinne einer radikalen Umkehrung in ihr Gegenteil: Nach einer Woche vollkommener Untätigkeit trauten wir uns am siebten Tag zu einem Ausflug aufs Festland, genauer gesagt in die »Mall of the Emirates«. Sie ist in etwa so groß wie eine ganze Stadt und hat auch alles aufzuweisen, was eine Stadt ausmacht – einschließlich Kanalisation, Polizei und Bahnhof. Dazu gibt es dort 600 Läden, Dutzende Restaurants, eine Schönheitsklinik und eine Wintersportanlage. Letztere ist wohl das Ungewöhnlichste, was eine subtropische Ladengallerie aufweisen muss. Eine bestens gepflegte, mit Pulverschnee bestreute Piste lässt die Wüstensöhne auf Skiern und Snowboards einen künstlichen Hügel heruntersausen, auf den sie mit einem Sessellift wieder hinaufbefördert werden. In der artifiziellen Winterlandschaft lebt sogar eine kleine Gruppe echter Pinguine, die dauerhaft in diesem Bereich bei Minusgraden zubringen. Das soll offenbar die Authentizität der Anlage unterstreichen. Wie das genau geht, weiß ich nicht genau. In der Schweiz haben wir jede Menge Skigebiete, aber nirgendwo ist dort jemals ein Pinguin gesichtet worden.

Wir schlenderten die zahllosen Straßen des »Mall of the Emirates« auf mehreren Ebenen entlang, bewunderten die exquisiten Auslagen, tranken einen Cappuccino und ließen uns die Haare schneiden. Mit großem Geschick gelang es mir, die Aufmerksamkeit meiner Frau von den Auslagen der Juweliergeschäfte abzulenken, was mich einige Nerven gekostet hatte – aber sonst glücklicherweise nichts. Anschließend setzten wir unseren ziellosen Schlenderkurs fort, ohne auch nur im Entferntesten alles gesehen zu haben. Die gesamte Anlage ist so gewaltig, dass es wahrscheinlich Tage oder Wochen dauert, bis man sie völlig erkundet hat. Zum Abschluss kauften wir noch einige Früchte ein, was uns zu einer erstaunlichen finanztechnisch-ökonomischen Erkenntnis über dieses Land verhalf. Ich muss vorausschicken, dass wir in der Schweiz sehr wohl an hohe Preise gewöhnt sind. Aber was wir hier vorgefunden haben, lässt unser Heimatland als billiges Trödelparadies erscheinen. Die halbe Wassermelone, die ich meiner geliebten Frau zum bevorstehenden elften Hochzeitstag gekauft hatte (ja, so großzügig bin ich nun mal), kostete umgerechnet knapp 15 Euro. Ich weiß nicht mehr genau, was die nicht besonders große Melonenhälfte in etwa gewogen haben mag. Aber ich schätze, es waren immerhin um die 7.500 Karat.

»Dubai Marina« ist ein prachtvoller Korso mit europäisch anmutenden Gebäuden, in denen Souvenirläden und Restaurants aller Couleur zu finden sind. Man hat sogar Straßenbahnschienen ins Pflaster eingelassen, um den abendländischen Eindruck zu verstärken, obwohl dort gar kein Schienenfahrzeug verkehrt. Dafür flitzen überall Kinder mit miniaturisierten Kleinfahrzeugen herum, die elektrisch angetrieben sind und in allen Farben des Regenbogens blinken. Daneben ist

der eine von vielen Jachthäfen Dubais, in denen
protzige und hochgradig luxuriöse Wasserfahr-
zeuge privater Eigner dümpeln, keines davon
kleiner als ein mittlerer Flugzeugträger. Multimil-
lionäre mit kleineren Jachten als diese würden
sich wahrscheinlich schämen, ihr bescheidenes
Bötchen dort abzustellen.

Eines kann man mit Sicherheit über diese Drei-
Millionen-Metropole feststellen: Nichts, rein gar
nichts ist wirklich authentisch. Entweder ist es
importiert oder nachgemacht, allerdings stets
vom Besten und Teuersten. So kann man es aus-
halten. Und den zehn Prozent Einheimischen unter der Bevölkerung geht es ebenfalls sehr gut. Sie
genießen die Wohltaten einer sie rundum versor-
genden Großfamilie, egal was sie tun und können
beziehungsweise was sie nicht tun und nicht können. Die Differenz besorgen die Expats und vor
allem das Heer der indopakistanischen und philippinischen Handlanger, ohne die hier alles zum
Erliegen käme. Fairerweise muss man einräumen,
dass die angestellten Ausländer, wenngleich mit
weit weniger Rechten ausgestattet als die Einheimischen, ziemlich gut bezahlt werden, weit besser als in ihren Heimatländern. Das gilt auch für
westliche Akademiker wie Ärzte, Ingenieure und
für alles Personal, das fürs leibliche Wohl zustän-
dig ist.

Der Höhepunkt unseres Aufenthalts in den
Emiraten war auf jeden Fall die Ballonfahrt während des Sonnenaufgangs über der Wüste. Dieses
Abenteuer fing mit einem verkürzten Nachtschlaf
an. Dafür musste man kurz nach vier am Morgen

losfahren, also zu einer Zeit, in der die Wüstenfüchse noch im Tiefschlaf schlummern. Nach einer kleinen Einweisung vor dem Start bestiegen wir den Korb mit 20 Leuten und nachdem der fauchende Drache in der Mitte genügend Flammen in die Ballonhülle geblasen hatte, ging der sonst lautlose Schwebeflug los. Da insgesamt vier Heißluftballone unterwegs waren, gab es atemberaubende Aussichten von unserem auf die anderen drei Luftfahrzeuge. Nachdem die Sonne aufging, warfen die gold glänzenden Dünen, die sich bis zum Horizont erstreckten, anmutige, lange Schatten. Hie und da stand eine einsame Akazie und weiter weg am Horizont konnte man die bläulich-violett schimmernden Berge Omans ausmachen. Anschließend überfuhren wir die größte Solarenergieanlage des Orients, die noch im Bau ist. Danach landeten wir mit zwei, drei heftigen Hüpfern im Sand. Nachdem man uns mit geländegängigen Fahrzeugen eingesammelt und uns über die Dünen gründlich durchgeschaukelt hatte, brachte man uns zu einem artifiziellen Beduinencamp, in dem wir ein zünftiges Wüstenfrühstück serviert bekamen. Natürlich durfte die Vorführung von Jagdfalken und ein kurzer Kamelritt nicht fehlen. Mein Kamel hieß Alex, machte einen für diese Tierart recht intelligenten Eindruck, verstand aber überraschenderweise kein einziges Kommando auf Deutsch. Da muss die Touristik der Emirate noch einiges nachholen, fürchte ich.

Die subtropische Gnadenfrist fern von Regen, Graupel, Schnee und Coronaviren ging nach sagenhaften zwei Wochen abrupt zu Ende, und wir fanden uns wieder im mitteleuropäischen Pandemie-Szenario. Die getankte Sonne und tropische Wärme haben uns eine Weile dazu befähigt, dem Schweizer Winter zu trotzen. Doch außer etwas Sand in den Schuhen haben wir sonst nicht viel anderes nach Hause mitnehmen können. Oder doch? Ja, eine ganze Menge Fotos, Erinnerungen und ein um mindestens drei Kilo höheres Körpergewicht.

Auf Safari im Kleiderschrank

Wir haben das Reisen im Blut. Ein längerer ununterbrochener Aufenthalt zu Hause verursacht bei uns zunehmenden Leidensdruck. Wir wollen in die Ferne reisen, können aber nicht. Mit tränenerstickter Stimme sprechen wir von Palmenstränden, Bergtouren und an unser Herz gewachsene Autobahnraststätten mit Selbstbedienung und Münzautomaten beim Einlass zu den Waschräumen. Manchmal sitzen wir nur unbewegt da und starren in die Ferne, die sich hinter der Wandtapete bis in die Unendlichkeit erstreckt. Hinzu kommen mit der Zeit immer mehr körperliche Beschwerden: Der Blutdruck gerät durcheinander, es juckt und zwickt mal hier, mal dort, und vor allem bei mir gibt es manchmal Anfälle von Schlafwandeln, bei denen ich vom Waten im Meer bei Ebbe und Sonnenaufgang träume.

Nun liegt unsere Reise nach Dubai bereits fast einen ganzen Monat zurück und schon spüren wir wieder das Fernweh, die Sehnsucht nach exotischen Ländern, fremden Kulturen und seltenen Infektionskrankheiten. Letztere wollen wir natürlich nicht am eigenen Leib erfahren, sondern die Gewissheit genießen, dass wir trotz abenteuerlicher Ausflüge in abgelegene Gegenden gesund bleiben und uns nichts dergleichen einfangen.

Der innere Druck, der auf uns wegen des anhaltenden Daheimbleibens lastet, hat inzwischen groteske Ausmaße angenommen. Das führte zu teils bedenklichen Änderungen in unserem normalen Verhalten. Meine Frau legte ihren geliebten Liebesroman aus der Hand und blätterte nur noch in abgelaufenen Reiseprospekten. Ich wiederum schaute mir stundenlang Fotos von den letztmaligen Reisen an, um wenigstens so den Geschmack der weiten Welt wiederaufleben zu lassen. Aber das alles half nichts, nicht einmal das regelmäßige Schnuppern in unseren Reisenecessaires oder das Umarmen der leeren Hartschalenkoffer.

Wir sind uns natürlich dessen bewusst, dass aufgrund der Pandemie und den Restriktionen überall an längere Reisen nicht zu denken ist. Und mit längeren Reisen meine ich alles, was über die Fußmatte vor unserer Haustür hinausgeht. Wir dürfen uns nur innerhalb unserer Wohnung frei bewegen und all die anderen verlockenden Ziele, die es da draußen gibt, sind entweder unerreichbar oder erfordern die Vorlage verschiedenster Gesundheitszeugnisse und Beweise für absolute Dringlichkeit. Natürlich haben wir nichts dergleichen vorzuweisen.

Und dann war es plötzlich so weit. Vorgestern am frühen Nachmittag sind bei uns alle Geduldsfäden gerissen und wir sind zu unserer nächsten Reise aufgebrochen. Wir hatten diesmal keine langen Planungen gemacht und nur das Nötigste eingepackt, um für die mehrstündige Abwesenheit aus den gewohnten Verhältnissen gewappnet zu sein. Ich nahm nur meinen Rucksack mit, meine Frau eine Reisetasche und ihren unentbehrlichen Schminkkoffer. Diesmal wollten wir auch nicht alle Etappen minutiös vorausplanen wie ehedem. Nein, mit der Entschlossenheit erfahrener Globetrotter bekundeten wir unsere Absicht, diesmal zu improvisieren und uns von den aufkommenden Ereignissen und Begegnungen tragen zu lassen.

»Was soll uns schon Schlimmes passieren?«, sagte ich rhetorisch fragend zu meiner abreisefertigen Ehefrau, »ich habe die Trillerpfeife bei mir und genügend Taschentücher eingepackt.«

»Und den Grundriss?«, fragte sie in einer Mischung aus Reisefieber und Besorgnis.

»Hab ich, Darling, sogar mit eingezeichneten Wasserhähnen und Lichtschaltern.«

Dann brachen wir frohgemut auf. Als Erstes unternahmen wir eine halbstündige Wanderung auf der Terrasse. Für dieses eine Mal genossen wir endlich die Frischluft und den fahlen Sonnenschein, der unser Mehrfamilienhaus am Nachmittag von Westen her beleuchtet. Mit Grundriss und Kompass in der Hand fand ich ganz leicht den Weg um den Gasgrill herum. Dann marschierten wir den Schlangenpfad zwischen den Blumenkübeln entlang und machten kurz Rast neben dem Wasserhahn, von dem ich den Bewässerungsschlauch abgezogen hatte. Dergestalt konnten wir unsere Feldflaschen wieder auffüllen, um für den Rest der Abenteuerreise genügend Wasserreserven zu haben.

Wir hielten zwischen den Stängeln nach den Tieren des Waldes Ausschau, aber sie müssen sich bis in die hintersten Ginsterbüsche zurückgezogen haben. Keine Spur von Schnecken, Käfern oder anderen Kreaturen. Auch von Eingeborenen war nichts zu sehen, sodass wir unverrichteter Dinge abzogen. Manchmal muss man halt auf folkloristische Darbietungen verzichten, was nicht schlimm ist, wenn man bedenkt, dass sie nur extra für Touristen aufgeführt werden. Von Authentizität ist da heutzutage keine Spur mehr.

Nachdem wir alle Winkel der Terrasse erkundet und fotografisch festgehalten hatten, traten wir die zweite Etappe der Reise an und brachen umgehend zum weit abgelegenen Duschbad am anderen Ende des Korridors auf. Diese subtropische Nasszelle ist berühmt für seine Wasserfälle aus den diversen Duschköpfen und den seitlichen Massagedüsen. Anstatt eines geeigneten Reiseprospekts hatte ich vorausschauenderweise die Gebrauchsanweisung der Dampfduschanlage mitgenommen. So konnten wir die vielen Funktionen live durchprobieren und uns verwöhnen lassen. Verzückt standen wir eine Weile unter der Regendusche und ließen das herrliche Thermalwasser in silbrigen Rinnsalen an uns herunterlaufen. Nebenbei wuschen wir auch noch den Staub aus unseren Haaren, der sich während der vorherigen Wanderung auf der Terrasse angesammelt hatte.

Nach so vielen Sehenswürdigkeiten und aufregenden Reiseerlebnissen war es Zeit für die erste Übernachtung. Als wir die mitgebrachten belegten Brote, auf dem Boden der Duschwanne hockend, verspeist hatten, schlugen wir unser Zelt im Korridor auf und breiteten die Schlafsäcke auf dem einladend glänzenden Parkettboden aus. Die kleine Petroleumlampe verbreitete ein heimeliges, warmes Licht und ließ in uns Gefühle von Prärieeinsamkeit und windgepeitschter Steppenweite aufkommen. Die Nacht verlief relativ ungestört, wenngleich wir sehr wohl die Härte des Untergrundes voll zu spüren bekamen. Aber ohne gewisse Kompromisse beim Komfort kommt man in der Welt halt nicht herum. Noch vor dem Einschlafen stellten wir uns den tiefschwarzen, sternengesprenkelten Himmel über unserem Obdach vor, wie wir ihn von tropischen Breitengraden her kannten: oben links Orion, rechts über dem Fußende das Hohlkreuz des Südens. Aber lange konnten wir den Anblick des Zeltdachs von innen nicht bewundern. Denn der monotone Klang des unweit von uns rauf- und runterfahrenden Aufzugs begleitete uns bis in den Schlaf, jenen erquickenden Schlummer, den erschöpfte Wandersleute nach einem anstrengenden Tagesmarsch durchleben.

Am nächsten Morgen durften wir die Segnungen der Zivilisation im großen Badezimmer in Anspruch nehmen, wo wir fröhlich sprudelnde Quellen für fließend kaltes und warmes Wasser vorfanden. Es war sogar Flüssigseife in einem eigens für die Ankömmlinge bereitgestellten Spender vorhanden. Man muss nur wissen, wie man es auf Abenteuerreisen anstellt, um auf einen gewissen Luxus nicht verzichten zu müssen. Hier konnten wir uns, von anderen Reisenden ungestört, für den zweiten Reisetag frischmachen. Dann stand der Höhepunkt unseres Ausflugs bevor, auf den wir uns sorgfältig vorbereiteten: auf

die Safari mit ausgiebiger Mottenjagd im Kleiderschrank.

Die Anreise zum Schlafzimmer gestaltete sich schwieriger als erwartet. Wir verfehlten mehrere Male die richtige Zimmertür und landeten statt-dessen in der Waschküche, in der wir ziemlich viel Zeit mit der Suche nach dem Rückweg zum Korridor vergeudeten. Aber es reichte noch, zu-mal die Motten insbesondere zur Abendstunde aus den Kleiderfalten hervorzukriechen pflegen und so leichter auffindbar sind. Und dann stan-den wir plötzlich davor: der Tür zur Ankleide in ihrer ganzen Pracht! Mit einer eleganten Handbe-wegung gelang es meiner Frau, die Tür aufzuma-chen und schon fiel unser Blick auf den großen Wäscheschrank mit seinen unerschöpflichen Jagdgründen.

Wir richteten am Fuße der mächtigen sechstü-rigen Schrankwand unser Basislager ein und schauten hinauf zu den steil herabhängenden Kleidern – bis ganz oben hinauf, zur im Hochne-bel gerade noch sichtbar gestapelten Bettwäsche. Und da waren sie schon, unsere potenziellen Tro-phäen, die sich nichtsahnend auf einer Bügelfalte zum freundlichen Meinungsaustausch versam-melt hatten. Während meine Frau die Aktion filmte, schlug ich mit beiden Händen nach den alarmiert davonstiebenden Flatterern, von denen ich bereits beim ersten Streich fünf erlegen konnte. Weitere zwölf Textilfeinschmecker muss-ten ihr Leben unter gnadenlosen Schlägen mit dem linken Hauspantoffel lassen, den ich beherzt ergriffen und mit großer Kunstfertigkeit als

Schlagwaffe einsetzte. Hierbei konnte ich meine überlegene rechte Vorhand einsetzen. Auch die etwas weniger wirksame Rückhand profitierte noch von meinen jüngst erworbenen Erfahrungen. In spiralförmigen Kreisen stürzten die erlegten Insekten den Steilhang herunter und wurden unter Jagdhornklängen von meiner Frau nach Größe sortiert nebeneinander aufgereiht.

Die oberen Ablagen waren nicht einmal auf den Zehenspitzen stehend zu erreichen. Deshalb schnürten wir unsere Seile fester und ich hangelte mich an den provisorisch ins Holz geschlagenen Haken und Ösen nach oben. Mit alpinistischer Gewandtheit straffte ich mein Seil und suchte die besten Haltepunkte auf dem beschwerlichen Weg zum Gipfel. In der senkrechten Schranknordwand hängend, konnte ich nur noch mit einem Arm ausholen. Mehrmals musste ich meine von unten besorgt zu mir hochblickende Frau um mehr Seil bitten. Denn nur so konnte ich mich in die beste Schussposition bringen. Dann wuchtete ich mich einen ganzen Meter höher, nachdem ich mit dem rechten Fuß einen festen Halt auf der Kleiderstange gefunden hatte. Leider löste sich dabei eine Lawine von lose auf Kleiderbügeln hängenden Wintermänteln, sodass meine Frau zur Seite springen und das Sicherungsseil loslassen musste. Ich konnte mich gerade noch mit der freien Hand am Regal festhalten, sonst wäre ich in die gähnende Tiefe gestürzt. Nach kurzer Überprüfung meiner Kletterausrüstung setzte ich den Aufstieg unbeirrt fort. Die Überlebenden der bisherigen Jagdpartie hatten sich bis dort oben bei den Hutschachteln jenseits der Kleidergrenze zurückgezogen, aber ich war ihnen dicht auf den Fersen.

Beim obersten Regalbrett in zweifach gesicherter Position angekommen, konnte ich für einen Moment den freien Blick über das gesamte Panorama des Schlafzimmers genießen. Zudem hatte ich wieder eine freie Hand, um mit den mitgebrachten Mottenkugeln nach den auseinanderstiebenden Biestern zu werfen. Leider hatte ich die andere Hand nicht frei, um die Höhepunkte dieser denkwürdigen Großwildjagd fotografisch festhalten zu können. Aber noch vor dem nicht ungefährlichen Abstieg in die Niederungen der Schubladenebene konnte ich mir wenigstens eine weidmännisch erlegte Motte einstecken – gewissermaßen als Erinnerung an diese denkwürdige Safari. Ich weiß noch nicht, ob ich nur ihren antennenbewehrten Kopf ans Brett nageln oder gleich den ganzen Leib ausstopfen und in Epoxidharz einschließen soll.

Für die Rückkehr hatten wir keine konkreten Pläne gemacht. Wir schlossen den entmotteten Kleiderschrank wieder, schulterten unser Reisegepäck und wanderten über Korridor und Diele bis ins Wohnzimmer. Heil und glücklich warfen wir uns erschöpft aufs Sofa, verschnauften ein wenig und begannen anschließend, unsere Erlebnisse Revue passieren zu lassen. Nichts ist so herrlich wie die frischen Erinnerungen gleich nach dem Erlebten durchzunehmen, während man die Strapazen der Reise noch in den Knochen spürt. Dann hat man erst recht was davon.

Zunächst wagte ich gar nicht darüber zu sprechen. Aber im Stillen hatte ich mir bereits Gedanken über unsere nächste Abenteuerreise gemacht. Nun war die Zeit gekommen, damit herauszurücken. In den wärmsten Farben des reiseerfahrenen Weltmannes schilderte ich meiner Frau die zu erwartenden Höhepunkte der nächsten Abenteuerreise: ein mehrtägiger Aufenthalt mit Halbpension und kundiger Reiseleitung in der Tiefgarage mit geführten Tagesausflügen zum Kellerverschlag und in die Besenkammer.

Von der eigenen Niere
im Stich gelassen

Wie meine linke Niere es geschafft hat, über Nacht unbemerkt auszubüxen, ist mir nach wie vor ein Rätsel. Und hätte sie mir nicht einen dilettantisch verfassten Abschiedsbrief hinterlassen, ich hätte ihr Fehlen am Morgen danach nicht einmal bemerkt. Sie schrieb auf ein Blatt Toilettenpapier ganz lapidar im typisch gekrümmten Nierenstil:

Adieu, mein Heimatleib,
tut mir leid, Dich verlassen zu müssen. Aber es wurde mir unheimlich in Deinem Innern. Die Gefahr, mit Dir zusammen an Covid-19 zu erkranken und womöglich unterzugehen, war mir zu groß. Du bist zu sehr der Ansteckungsgefahr ausgesetzt und ich kann nichts dagegen machen. Mitgegangen, mitgehangen! Falls Dich das Virus erwischt und kaltmacht, habe ich mein Lebtag lang nichts außer Filtrieren und Ausspülen getan. Das ist mir zu wenig!

Nach zig Jahren bin ich das ewige Ausscheiden leid. Ich will jetzt selbst ausscheiden. Ich will gesund bleiben und die Welt sehen, anstatt weiterhin im Dunkeln zu sitzen und irgendwann den fiebrigen Virustod erleiden.

Ich war Dir bislang treu ergeben, aber Deine Liebe zu Spargel hat mir gestern Abend den Rest gegeben; ich kann den Geruch nicht mehr ertragen. Das war der Auslöser dafür, dass ich mich, entschuldige den Ausdruck, klammheimlich verpissen musste. Sorry.

*Nicht böse sein! Meine Zwillingsschwester Dexty
wird es auch alleine schaffen, Dich weiter zu entgiften.
Ich will unbedingt die Kläranlagen von Neapel sehen,
bevor ich vertrockne – und vielleicht noch einen Stau-
see mit Wasserkraftwerk bewundern.*

*Bitte such nicht nach mir. Wenn Du das hier liest,
bin ich längst schon über alle Berge.*

Leb wohl, halte Abstand und bleib gesund!

*Dein Nierle von Linkisch
und sein Harnleiter*

Erschrocken tastete ich meinen Körper nach irgendwelchen Wundmalen oder narbigen Verän-
derungen ab, konnte aber nichts finden: keine
Spur eines Ausbruchs aus meinem Inneren. Ich
fühlte nur eine gewisse Leere – seitlich hinten in
der linken Flanke, sonst nichts. Im Nachhinein fiel
mir dann doch noch ein, dass es mit Nierle immer
wieder Probleme gab: Zweimal hatte ich einen
Steinabgang, einmal davon sogar mit Koliken, ja,
und dann noch eine linksseitige Nierlebeckenent-
zündung. Aber die lag schon Jahrzehnte zurück.
Nichts wirklich Beunruhigendes. Und vor dem
Coronavirus weiß ich mich zu schützen. Aber
scheinbar hat das vorlaute Nierle das Vertrauen in
mich verloren und überreagiert. Was für ein
ängstliches Panikorgan!

Ich frage mich, wie das Nierle im Dunkeln
überhaupt von der Infektionsgefahr erfahren hat.
Wahrscheinlich war es das geschwätzige Immunsystem, das mittels unbedachter Rundschreiben
an alle Organe diese Panikreaktion ausgelöst hat.
Offenbar hat das Nervensystem keine lückenlose

Kontrolle über die voreiligen Verlautbarungen der Abwehrkräfte. Ich meine, ich will keine innere Zensur. Aber ein durchdachterer Umgang mit Gefahrenmeldungen, gerade in Zeiten wie diesen, wäre doch angebracht.

Dann ist noch die offene Frage zu beantworten, über welche Körperöffnung sich diese mit allen Wassern gewaschene Deserteurin unbemerkt verkrümeln konnte. Allein schon die Vorstellung, wie sie sich irgendwo durchgezwängt hat, ohne auch nur die geringste Spur des Einnässens hinterlassen zu haben, lässt mich erschaudern – erst recht, wenn ich darüber nachdenke, dass ich offenbar nicht mehr Herr über meine eigenen Organe bin. Ich vermute, sie hat mit irgendeinem verräterischen Schließmuskel eine Abmachung getroffen und ihn zur Fluchthilfe mittels völliger Erschlaffung überredet. Dem werde ich noch nachgehen müssen!

Den Blick nach unten gesenkt, fragte ich in mich hinein: »Gehören wir denn alle nicht zusammen? Sind wir denn nicht, ›ein Fleisch und Blut‹, als lebendige Einheit auf die Welt gekommen? Gemeinsam? Du auch, Corinna, mein Herz, und ihr anderen auch: Pulmo, Hepaty, Milzusch, Gaster! Bitte sagt doch was! Und du, sich verschämt im Schritt duckender Johannes-Löli. Und natürlich meine unerschrockene, kleine Dexty, mein alleingelassener Liebling. Nein, du hast keine Angst vor dem Coronavirus? Möchte jemand etwas zur Flucht von Nierle und ihrem Harnleiter mitteilen? Es trete bitte vor, wer was zu sagen hat oder sich beschweren möchte, vielleicht über mangelnde

Fürsorge, schlechte Durchblutung oder sonst was«.

Ich vernahm keine Antwort aus meinem Körper, nur das angedeutete Zucken einer Schulter, die sich zaghaft vorwagte. Sonst traute sich keiner, ein Wort an mich zu richten. Daraufhin brach ich die peinliche Selbstreflexion ab.

Nun gut, also war Nierle irgendwo unterwegs, auf der Flucht vor dem Coronavirus: eine echte Wanderniere. Ich konnte mir gut vorstellen, wie sie den schlaff herunterhängenden Harnleiter hinter sich herzog, wie sie über Stock und Stein dahinhumpelte. Und ich blieb zurück, mit Dexty, der rechten Zwillingsschwester der Geflüchteten. Ich hoffte, sie würde nicht auch irgendwelche Anstalten machen, sich zu verabschieden. Andernfalls bliebe mir nur noch der Gang zur Blutwäsche und das bange Warten auf ein Spenderorgan.

Ich schätze, ich muss mich mehr um das Wohlbefinden meiner Innereien kümmern. Bisher dachte ich, dass ich diesbezüglich mit angemessener Körperpflege, gründlichen Rasuren, ab und zu einem Haarschnitt und regelmäßigen Checkups beim Hausarzt genug getan hätte. Dem war wohl nicht so. Es war hart, aber ich musste mich damit abfinden, dass meine anspruchsvollen Bestandteile nicht einfach so im Stillen ihren Dienst taten, und sich sonst bescheiden im Hintergrund hielten. Es scheint generell so zu sein, dass mit zunehmendem Alter die Organe immer häufiger aufmucken.

Bisher habe ich aus meinem tiefsten Inneren noch keine ernsthaften Klagen vernommen. Oder war ich nur zu unaufmerksam? Okay, mein Magen knurrt manchmal zur Mittagsstunde wie ein ungeduldiges Beutetier vor der Fütterung. Aber ich habe schon vor langer Zeit mit ihm Frieden geschlossen, seitdem ich meine Mahlzeiten regelmäßig einnehme und ihn regelmäßig mit Pralinen verwöhne. Zugegeben, manchmal rumort es auch in meiner Brust ein wenig. Gelegentlich schnorchelt der gute alte Pulmo, vor allem sein tendenziell aufrührerischer linker Flügel, während der rechte eher zu reaktionären Äußerungen in der Art eines theatralischen Katarrhs neigt. Aber das ist eher saisonal von Belang. Bedenklicher war es, wenn ich mich recht entsinne, als Corinna unversehens anklopfte und in ein kurzzeitiges Rasen verfiel. Und warum? Ich befand mich gerade in einer emotionalen Stresssituation: Mein sorgfältig geschmiertes Butterbrot mit feinstem Trüffelkäse war mir aus der Hand gefallen, während sich die Speicheldrüsen bereits anschickten, genügend Schmierstoff für den erwarteten Leckerbissen bereitzustellen. Da musste ich mehrmals leer schlucken. Erwartungsgemäß blieb es nicht nur dabei. Mein bis dahin in stiller Selbstzufriedenheit in sich ruhender Magen konnte nach diesem Unglück ein kurzes Knurren nicht unterlassen – obwohl noch Vormittag war. Aber schlussendlich konnte ich den inneren Aufruhr unterdrücken und die Betroffenen, meine erwartungsvollen Sinnes- und Verdauungsorgane, gerade noch besänftigen, natürlich nur gegen eine angemessene Entschädigung in Form einer neuen Portion feinsten Trüffelkäses auf frischem Weißbrot. Ein

Glück, dass ich noch etwas davon übrig hatte. Sonst wäre möglicherweise ein innerer Aufstand ausgebrochen, vielleicht sogar eine heftige Autoimmunerkrankung.

Nach diesen Ereignissen sah ich ein, dass ich mehr tun musste, um den inneren Frieden zu erhalten. Darum berief ich eine außerordentliche Vollversammlung sämtlicher Körperteile beider Kammern ein, namentlich der ausführenden wie der passiven Organe. Ferner lud ich alle Gliedmaßen, Drüsen, Nerven und Gefäße zum Meinungsaustausch ein – und mit einer besonders höflichen Einladung auch die liebe Dexty. Als Ort der Veranstaltung wählte ich das Speisezimmer, denn ich wollte die Gäste mit einem schmackhaften kalten Büfett und einer reichhaltigen Auswahl an Getränken verwöhnen. Schließlich ging es um unser künftiges Zusammenleben, den »Modus Vivendi«.

Wie zu erwarten war, sprach sich das Nervensystem (unter Führung der Großhirnrinde und mit aktiver Unterstützung der ihr widerspruchslos hörigen Sinnesorgane) gegen Spirituosen aus, deren Genuss auf die Zeit nach Abschluss der Beratungen verschoben werden musste; das stets skeptische Großhirn fürchtet die betäubende Wirkung des Alkohols mehr noch als den Sauerstoffmangel. Einige hier nicht wiederzugebende, mit schmutzigen Ausdrücken vorgetragene Einwände seitens der Geschlechtsorgane aufgrund der Ortswahl (Speise- statt Schlafzimmer) konnte ich mit der übergeordneten Wichtigkeit der Ta-

gesordnungspunkte sanft aber bestimmt zurück-
weisen. Als Kompromisslösung wurde für die
Woche danach ein Ausflug in ein einschlägig bekanntes Nachtlokal vereinbart, womit sich die un-
höflichen, egoistischen Keimdrüsen zunächst
einmal zufriedengaben.

Am Tag der Besprechungen gingen die Ver-
handlungen fast reibungslos über die Bühne,
nicht zuletzt wegen der ausgesprochen willkom-
menen Verköstigung, die ich den Delegierten auf-
getischt hatte. Die Mehrheitsfraktion der
Gastrointestinalorgane unter Leitung von Colonel
Sigmund, der tonangebenden Dickdarmschlinge,
zeigte sich sehr kooperationswillig. Nach kurzem
Rumoren des wie so oft schlecht gelaunten Rek-
tums fand mein Antrag auf friedliche Beilegung
von interorganischen Konflikten den notwendi-
gen Zuspruch. Dies führte bei der spontan ange-
setzten Abstimmungsrunde und noch vor den
Käsehäppchen zu einer Zweidrittelmehrheit der
abgegebenen Stimmen. Einige Punkte der Tages-
ordnung wie besserer Lesestoff für die Augen, etwas leiser abgespielte Jazzmusik gemäß Eilantrag
der beiden Innenohren und ein neues dezenteres
Aftershave für die sehr delikaten Ansprüche der
Riechkolben konnte ich widerspruchslos durch-
winken. Nur das Großhirn hatte etwas gegen die
Beschlüsse für häufigere Pflege der Finger- und
Zehennägel einzuwenden. Das würde uns angeblich von anspruchsvoller geistiger Tätigkeit abhalten. Die Vertreter der glatten und gestreiften
Muskulatur konnten sich daraufhin ein Lachen

nicht verkneifen und trieben etwas Schabernack mit dem Ober- und dem Unterkiefer.

Nach der Sitzungspause vor dem Fernseher ging es dann weiter. Die traditionell zurückhaltend phlegmatische Lunge konnte auf die Einwände des Großhirnes nur pfeifen. Sie pfiff darauf sogar aus beiden Flügeln, dabei eine Harmonie vortäuschend, die zwischen den beiden sonst nicht allzu häufig vorkommt (außer wenn es gegen das Nervengewebe geht). Ich konnte jedenfalls das Großhirn dahingehend beruhigen, dass die neue Podologin im Einkaufszentrum sehr belesen sei und ihren Dostojewski fast schon auswendig kenne. Beide Füße begrüßten die geplante Behandlung und meinten, es gäbe da noch jede Menge Hornhaut zu entfernen. Außerdem hätte währenddessen unser Großhirn ja genügend Zeit, sich mit schwerverdaulicher Literatur auseinanderzusetzen. Auf das Stichwort »schwerverdaulich« wiederum reagierte der ansonsten still verharrende Magen mit einem kurzen verhaltenen Knurren, beruhigte sich aber auf einen Schluck Aquavit rasch wieder. Das Kleinhirn pflichtete mir indes bei, was allerdings nicht viel bedeutet, denn es ist bestens bekannt für seine unkritische und hochgradig opportunistische Haltung. Mir sollte das nur recht sein.

Nachdem wir auf mehrmaliges Drängen der wegen eitler Oberflächlichkeit zurecht gescholtenen Haut eine fettfreie Feuchtigkeitscreme bewilligt hatten, waren alle Ansprüche befriedigt und die Versammlung löste sich in eitler Wonne und Selbstzufriedenheit auf, selbstverständlich unter

regem Zuspruch an der Getränkebar. Dass dabei
Dexty ein kleines, schnippisches Augenzwinkern
aus ihrer Hohlvene erkennen ließ, bestärkte mein
neu erworbenes Vertrauen, nunmehr endlich wieder meiner selbst sicher zu sein.

Die Liebe zu den drei Organen

Sorgfältig tupfte Schwester Thekla die hohe Denkerstirn des dauergestressten Chirurgen Dr. Sweren-Nöthen, der diese komplexe dreifache Organtransplantation auf sich genommen hatte, obwohl ihm alle davon abzuraten versuchten, vergebens natürlich.

»Das kann nicht gut gehen, Wilhelm«, versuchte ihm tags zuvor seine treue Ehefrau, Dr. Elfriede Nöthen, die Sache auszureden, die ihrerseits als erfahrene Proktologin mit den operativen Schwierigkeiten einer Trippel-Transplantation bestens vertraut war. Sie wusste nur zu gut, was damit für ihren Mann auf dem Spiel stand. Aber sie kannte ihn zur Genüge, um zu wissen, dass sie ihn nicht aufhalten konnte, wenn er schon mal einen derart schwerwiegenden Entschluss gefasst hatte. Wenn es jemanden gab, der das Ungemachte machen, das Ungewagte wagen und das Ungeheuerliche geheuerlich machen würde, dann käme nur einer dafür infrage: ihr couragierter Gatte, der bewunderte und umstrittene neue Starchirurg der Universitätsklinik.

„Tun Sie es lieber nicht", waren die letzten Worte seines Chefs, Professor Prokofiew, bevor er in seinen improvisierten Karibikurlaub aufbrach, nachdem er davon erfahren hatte, dass ein besonders risikoreicher Eingriff geplant war. Er wollte lieber nicht zugegen sein, wenn das Vorhaben nicht gut ausging – erst recht nicht, wenn die Presse über den gescheiterten Mitarbeiter seiner blamierten Abteilung herfallen und die riskante Aktion infrage stellen würde.

An jenem schicksalhaften Tag, an dem Dr. med. Dr. h. c. Wilhelm Sweren-Nöthen die einsame Entscheidung traf, den noch nie durchgeführten Eingriff der gleichzeitig dreifachen Organtransplantation von Herz, Leber und Milz in einer voraussichtlich 33-stündigen Operation am offenen Fenster des Operationssaals Nr. 3 durchzuführen, war das Entsetzen in seinem Umfeld riesengroß. Seine Sekretärin und heimliche Geliebte, Fräulein Kniebel, von deren Doppelrolle alle außer Elfriede Bescheid wussten, flehte ihn buchstäblich auf Knien an, es nicht zu tun. »Du gehst ein zu großes Wagnis ein, Willi«, sagte sie eindringlich, nachdem sie sich aus seiner kräftigen Umarmung gelöst hatte. »Nach deinem Rauswurf aus der Schwarzwaldklinik riskierst du nun dasselbe hier noch einmal«, jammerte das »kecke Knieblein«, wie er sie manchmal zärtlich nannte. Sie bestürmte ihn mit nicht nachlassendem Eifer: »Bedenk nur, mein Liebster: Wenn es zu einer fatalen Transplantatabstoßung kommt und dich die Uniklinik in Schande entlässt, kannst du deine Karriere begraben. Und unsere sorgfältig geplante Kongressreise zu zweit im Nachtzug nach Buxtehude können wir dann auch vergessen.«

Willi wollte auf die kritischen Stimmen nicht hören, weder auf die seiner Frau noch auf die seiner Geliebten, die in dieser Sache ausnahmsweise derselben Meinung waren. Er fühlte einen starken inneren Drang, die Grenzen der Schulmedizin ei-

genhändig zu sprengen und das bis dahin Ungewagte zu wagen: die drei durch Coronavirus, Al-
kohol und Nougatcréme schwer geschädigten
Organe zu ersetzen, die dem Leben des Patienten
K. J. aus M. bald ein Ende setzen würden, wenn
nichts Radikales unternommen würde. Dr. Sweren-Nöthen konnte gar nicht anders. Er wusste,
dass nur der Austausch aller vom Coronavirus
befallenen Organe das Leben des Patienten noch
retten konnte – wenn überhaupt.

Willi glaubte an die schicksalhafte Fügung, die
sich durch einen Zufall ergeben hatte: auf der einen Seite ein Patient, der an Covid-19 erkrankt
war, und auf der anderen die zeitgleiche Einliefe-
rung von drei hirntoten Bergwanderern, die, viel
zu eng angeseilt, gemeinsam in eine Gletscher-
spalte gestürzt waren und ausgerechnet die pas-
senden Organe vorrätig hatten. Obendrein hatte
die Kälte des Gletschereises die Spenderorgane in
bestem Zustand gehalten. Das alles war auf einmal da und Sweren-Nöthen war am richtigen Ort,
zur richtigen Zeit, um es zum ersten Mal zu versuchen. Er musste diese Gelegenheit beim
Schopfe packen und die bis dahin als undurch-
führbar geltende Trippel-Transplantation wagen.

»Wenn das kein Wink des Himmels ist!«, räso-
nierte Schwester Thekla, während sie dem kon-
zentriert arbeitenden Chirurgen folgsam seine
Instrumente vorbereitete. Normalerweise pflegte
sie an der Seite des Starchirurgen, einen eher
harmlosen Small Talk zu führen und plapperte
immer wieder drauflos. Diesmal war ihm jedoch

überhaupt nicht nach Geplänkel über Ferienreisen, Sonderangebote und dem obligaten Kliniktratsch zumute. Zu sehr war er in seine Gedanken vertieft, die unentwegt um seine innig geliebten drei Organe kreisten. Drei offene Körperhöhlen gleichzeitig bedeuteten drei voneinander unabhängige Risiken, die sich gegenseitig verstärkten. Konnte das gut gehen?

Er ballte seine behandschuhten Hände zu weißen Fäusten und richtete die alles entscheidenden Worte an seine treue Instrumentierschwester und frühere Gespielin aus alten Schwarzwälder Zeiten (noch lange vor dem kecken Knieblein): »Sind Sie parat, Schwester Thekla? Können wir den Instrumentencheck durchführen?« Er achtete sorgfältig darauf, die früher so vertraute Mitarbeiterin zu siezen, wenn andere zuhörten.

»Jawoll, mein Doktor. Alles ist vorbereitet«, versicherte die Angesprochene mit einem leichten Anflug von vorgetäuschter Sicherheit in der Stimme.

»Na, dann wollen wir mal«, legte er los und begann mit der standardisierten Aufzählung der essenziellen Instrumente, die für den Aus- und Einbau der drei Organe erforderlich waren: »Sind Herz-Terz, Leber-Kleber und Milz-Pilz einsatzbereit, geladen und geschmiert?«, fragte er, ohne aus den hallenden Tiefen des offenen Brustkorbs von W. J. aus Z. aufzublicken. Thekla beeilte sich, ihm die Bereitstellung des Gewünschten zu versichern, wobei ebenfalls kleine Schweißperlen auf ihrer ähnlich hohen Stirn auftauchten. Nur war niemand da, um ihre abzutupfen.

Er begann, die Punkte der Checkliste einzeln durchzugehen: »Die Herz-Terz?«

»Herz-Terz – randvoll gefüllt und mit je drei Gefäßklammern im Trilobit-Retraktor geladen. Die Klapunzelspalte ist offen und schließt reibungslos«, verkündete sie mit einem gewissen Übereifer.

»Leber-Kleber?«

»Leber-Kleber steht parat. Drei Patronen sind prall gefüllt und die Zähigkeit des Materials ist auf den aktuellen Barometerdruck und die Luftfeuchtigkeit abgestimmt. Wir haben dreihundertdreizehn Öchslegrade im Reservoir«, beeilte sie sich zu versichern.

»In Ordnung«, brummte Sweren-Nöthen zufrieden, »und als Letztes der neuartige Milz-Pilz?«

»Nagelneuer Milz-Pilz ist soeben aus Pittipalki eingetroffen und frisch aus der Packung entnommen. Die Repunzierschraube wurde bereits herstellerseits auf null gestellt und erlaubt Auswuchtung in allen drei Ebenen. Sie können jederzeit anfangen«, schloss Schwester Thekla den Check erleichtert ab.

Sweren-Nöthens Gesichtszüge entspannten sich ein wenig und er begann mit der Auswuchtung des kaum noch sichtbar schlagenden Herzens. Es war nun wirklich höchste Zeit.

»Tupfer!«, raunte er ihr nach einer Weile zu, während er eine spritzende Blutung mit seiner Nasenspitze abdrückte. »Noch einen Tupfer«, näselte er diesmal lauter, »und schnell noch einen, bitte, Schwester Thekla, drei Stück wie immer, wenn's kritisch wird, heilige Dreieinigkeit!«, erschallte es etwas energischer und gereizter als sonst. »Wenn's spritzt, müssen's immer drei sein. Das wissen Sie doch!« In solchen Fällen konnte es ihm nicht rasch genug gehen. Seine beiden Operationsassistenten erwarteten nun weitere Wutausbrüche.

»Herr Truffaldino, den Rippenspreizer mehr anspannen, bitte!«, schnauzte er seinen ersten Assistenten an, während der zweite, der italienische Gastarzt Dr. Farfarello unaufgefordert den Leberhaken kräftig zu sich zog. Ein kurzer, dankbarer Blick seitens Dr. Sweren-Nöthers bestätigte dem besorgten Neapolitaner die Richtigkeit seiner Maßnahme.

»Und jetzt bitte den Milz-Pilz, mit entsicherter Repunzierschraube«, schleuderte er seiner Instrumentalistin entgegen, die verzweifelt das geforderte Zusatzteil in ihrem Sterilisiersieb suchte. Unter lautem Geschirrgeklapper fand sie schließlich das Gesuchte und reichte es erleichtert dem Operateur, der ihr ungeduldig seine drei Finger entgegenspreizte.

Wieso drei Finger? Das mag sich der kundige Leser jetzt fragen. Nun, hier ein kleiner Abstecher in die Vergangenheit: Sweren-Nöthen hatte den Daumen und den kleinen Finger seiner rechten Hand eingebüßt, als er als junger Assistenzarzt in der Orthopädie arbeitete und einen kleinen Unfall mit einer dreitaktigen Knochensäge hatte (er hatte irrtümlich nur zwei Takte angenommen). Damals dachten er und seine Frau, dass seine Chirurgenkarriere damit abrupt enden müsste. Aber es kam anders; mit nur drei verbliebenen Fingern der rechten Hand erwies sich der noch junge Assistenzchirurg allen anderen Kollegen gegenüber als überlegen. Mit der viel schmaleren Hand konnte er viel weiter und tiefer in die hintersten der verwinkelten Körperhöhlen der leidenden Menschen vordringen und dort wahre medizinische Wunder vollbringen, weit besser als jeder andere seiner zahlreichen Konkurrenten – mit intakten Händen.

»Das muss dir mal einer nachmachen«, sagte damals Elfriede zu ihm, nachdem er bereits bei seinem ersten Versuch drei eingeklemmte Gallensteine aus einem übergewichtigen Metzgermeister herausgeholt hatte – durch dessen Schlund wohlgemerkt, ohne ihn aufschneiden zu müssen. Denn aufgeschnittene Metzgermeister heilen bekanntlich sehr schlecht. Jene operative Großtat begründete seinen legendären Ruf als Ausnahmechirurg, der schlussendlich zu seiner Berufung nach München geführt hatte. Dort pflegte man nämlich nur die Besten der Besten anzustellen.

Doch in der Isarmetropole musste er sich zunächst bewähren, so wie das von allen neu eingestellten Ärzten erwartet wird. Erst musste Sweren-Nöthen für drei Monate Fettschürzen straffen und Hämorrhoidalknoten entwirren, bevor er an die drei wichtigsten Organe herangelassen wurde: an Milz, Leber und zu guter Letzt ans Herz, der Königsdisziplin. Doch er meisterte alle Hürden mit Umsicht und Bravour, er bestand alle Prüfungen, die ihm auferlegt wurden, und auch das obligate Begrüßung-Mobbing durch die bayrischen Kollegen konnte ihm nichts anhaben. Denn er kannte sich mit den drei Organen weit besser aus als alle anderen, einschließlich seines Chefs, des feisten Professors Prokofiew, der ihm absichtlich die schwierigsten Fälle zuschob. Zuerst ließ er ihn die komplexesten Milzoperationen durchführen und die Handhabung des neuartigen Milz-Pilzes studieren. Dann musste er sich mit den schwierigsten Lebereingriffen auseinandersetzen. Doch auch das bewältigte er mit Erfolg, nachdem er gelernt hatte, die Tücken des Leber-Klebers zu beherrschen. Nur mit der Herz-Terz konnte er sich lange nicht anfreunden. Das kleine, dreiteilige Gerät zur elektromechanischen Entkopplung des Reizleitungssystems ließ sich von ihm nicht gleich gefügig machen. Aber mit seiner dreimalig geschickten dreifingrigen Hand schaffte er es dann doch, und zwar mit einem Trick, den er sich bei der Hämorrhoidalentwirrung zugelegt hatte: Er steckte den Ringfinger in die offene linke Herzkammer, den Zeigefinger in die Klapunzelspalte, sodass er die Herz-Terz mit dem verbleibenden Mittelfinger elegant in die Perikardhöhle vorwärts bugsieren konnte. Mit diesem Manöver erwarb er sich sehr schnell den Ruf, einer der besten Herzchirurgen zu sein.

»Kein Zweifel, mein lieber Doktor«, raunte ihm Schwester Thekla zu, während sie mit einer Tridentklemme die Klapunzelspalte aufdehnte, um seinem Mittelfinger Platz zu machen, »kein Zweifel, dass Sie einer der besten Milz-, Leber- und Herzchirurgen nördlich der Alpen bis zum

Dreiländereck bei Basel sind. Aber alle drei Organe auf einmal zu transplantieren, ist wirklich gewagt. Wenn das mal nur gut geht…«

»Machen Sie sich keine Sorgen, Instrumentierschwester Thekla«, erwiderte er süffisant, »meine Liebe zu den drei Organen lässt mich jede Schwierigkeit überwinden. Das beflügelt nicht nur, das führt meine schlanke dreifingrige Hand sicher zum Erfolg. Nur dürfen die Spenderorgane nicht zu früh warm werden, zu viel Sauerstoff verbrauchen und sich dadurch vor der Implantation erschöpfen.«

»Und was ist mit Prokofiew?«, warf sie besorgt ein.

»Was soll schon sein? Wenn er aus der Karibik zurückkommt und die Klinikleitung die Medien zur Pressekonferenz lädt, wird er gerne wieder dabei sein, um seinen Anteil am Erfolg einzuheimsen. Das war immer schon so: bei Gefahr abtauchen, sich bei Erfolgsmeldungen nach vorne drängeln.«

Gastarzt Dr. Farfarello nutzte während der Transplantatpräparation die etwas entspanntere Atmosphäre, um eine wichtige Frage an sein Vorbild zu richten: »Dottore Sweren, wie können Sie so sicher sein, dass diese dreifache Organtransplantation gelingen wird, wenn sie noch nirgendwo erfolgreich durchgeführt worden ist?«

»Sehen Sie, Luigi«, antwortete er selbstsicher, »alles muss ein erstes Mal versucht werden und jetzt hat sich die einmalige Chance ergeben, dass ich es bin, der diesen ersten Schritt wagt.«

»Aber wird es nicht eine sehr heftige, kaum beherrschbare Abstoßungsreaktion geben, bei immerhin drei Fremdorganen?«, wandte der vordem gerüffelte und deshalb bis dahin betreten schweigende Dr. Truffaldino ein.

»Auf diese Frage habe ich gewartet, mein lieber Kollege«, erwiderte der selbstsichere Starchirurg, »auch dieses Problem ist lösbar. Ich werde nicht nur drei gesunde Transplantate einsetzen. Der Trick dabei ist, dass ich auch deren Positionierung vertauschen werde.«

Alle Anwesenden, einschließlich der Anästhesistin Dr. Fatima Morgana, die sich bis dahin unauffällig im Hintergrund gehalten hatte, spitzten die Ohren ob des noch nie Gehörten. Mit unverhohlener Überraschung blickten alle in die Augen des triumphierenden Skalpellkünstlers. Nach einer angemessenen Pause, um die ohnehin schon gespannte Atmosphäre weiter aufzuladen, lieferte der Ausnahmechirurg die verblüffend einfache Erklärung:

»Der Platztausch der drei Organe, nämlich der Einbau der Milz ins Mediastinum, der Leber in die Milzloge und des Herzens in das Leberbett wird das Immunsystem des Empfängers derart verwirren, dass es gar nicht dazu kommt, eine Abstoßungsreaktion anzufangen. Es versucht sich über die ungewohnte Organanordnung klarzuwerden, aber in Ermangelung eines eigenen Denkvermögens wird es dabei zwangsläufig scheitern und andernorts nach Fremdgewebe suchen. Eine bessere und nebenwirkungsärmere Immunsuppression kann es gar nicht geben. Das, meine Lieben, ist das Geheimnis hinter meinem scheinbar hochriskanten Wagnis.«

Dann wandte er sich zur sichtlich beeindruckten Schwester Thekla, die sehr entzückt ob des vielen Einfallsreichtums war, und sagte zu ihr im beruhigenden Tonfall eines sich seiner selbst absolut sicheren Mannes, der weiß, was er tut: »Lassen Sie uns die Tücher zählen. Eins …, zwei … und hier kommt die Nummer drei.«

Unruhe im Online-Versand für gebrauchte Handelsgüter

Die Pandemie hat dem klassischen Einzelhandel arg zugesetzt. Und auch die am Stadtrand angesiedelten großen Einkaufszentren klagen verbittert über den Schwund an kaufkräftiger Kundschaft. Die gewaltigen Flure sind von einer gespenstischen Leere gezeichnet. Nur hie und da streunen verirrte Kojoten durch die Gänge und beschnüffeln die leeren Abfalleimer an den Ecken. Ausschließlich Schutzmasken tragendes Sicherheitspersonal wandelt durch die Gänge, patrouilliert durch die leeren Parkgaragen und verscheucht vereinzelte Kaufwillige, die sich in den Komplex verirrt haben. Sie haben offenbar noch nichts vom Lockdown mitbekommen, weil sie kein 4Q-LED-HD-Fernsehgerät mit Flachbildschirm und computergesteuerter Pandemie-Warnfunktion besitzen. Was jedoch am schlimmsten ist: Die Rolltreppen stehen die meiste Zeit still – und mit ihnen das ganze Wirtschaftsgeschehen.

Stattdessen blüht der internationale Online-Handel wie nie zuvor. Der isolierte Verbraucher bestellt sich alles nach Hause, nur um nicht nach draußen gehen zu müssen. Die bis zum Hauseingang gelieferte Ware muss dann noch umständlich desinfiziert werden, bevor sie in die Wohnung darf.

Neidvoll und mit großer Sorge betrachtet der ladengebundene Handel die rasant zunehmende

Marktpräsenz chinesischer Online-Handelsketten wie Alibaba und jener vierzig anderen ostasiatischen Unternehmen, die von seinen damaligen Räubern gegründet worden sind, nachdem sie ihre Haftstrafen abgesessen hatten. Sie alle sind mit gebrauchten Handelsgütern in den weltweiten Online-Handel eingestiegen und betreiben ihr Geschäft zuweilen mit rabiaten Werbemethoden. Sie schrecken dabei nicht einmal vor Pop-up-Bannern auf Internetseiten sozialer Medien, karitativer Organisation und von Beerdigungsinstituten zurück. Über die potenzielle Kundschaft bestens informiert, drängen sie den Trauernden allerlei lustige Grabbeigaben aus buntem Plastik auf oder überrumpeln sie mit versandkostenfreien Blumenarrangements, in deren Mitte ein Kunststoffpapagei individualisierte Loblieder auf den Verstorbenen singt. Die teils intimen Details über den Toten beschafft sich der Hersteller bei Internetfirmen, die sich auf Daten aus frei zugänglichen oder gehackten Webseiten spezialisiert haben und diese für teures Geld an Online-Händler verkaufen. Der problemlose Internetzugang für jeden Europäer, der eine Computermaus hin- und herbewegen kann sowie die schnelle und kostengünstige Lieferung der Waren machen es den nordchinesischen und südkoreanischen Firmen leicht, in der westlichen Konsumwelt Fuß zu fassen. Und nicht nur das: Sie schicken sich an, diese vollends zu dominieren. Die Versorgung von Millionen Endverbrauchern mit fast neuwertiger Ware aus staatlich lizenzierter Kinderarbeit oder aus unterbezahltem Frondienst unverheirateter Jungfrauen mag ja noch angehen, aber nun sind die asiatischen Handelsriesen zudem drauf und dran, sich auch noch den Secondhand-Markt für Bagatellobjekte unter den Nagel zu reißen. Das bereitet sowohl mir als auch den Kioskbesitzern in Bahnhofsnähe großen Kummer.

Zwar stemmen sich einige westliche, vornehmlich amerikanische Onlinehändler gegen die asiatische Expansion. Aber mit ihren Luxusgütern können sie nicht gegen die Flut von Billigwaren ankämpfen, die – bildlich gesprochen – wie ein Tsunami über die Seidenstraße gen Westen in die Warenregale des Einzelhandels brausen. Gerade mit gebrauchtem und oberflächlich aufgemotztem Tand fahren die Asiaten satte Gewinne ein, die sie anschließend in teuren Immobilien in vornehmen Randlagen europäischer Metropolen an der Côte d'Azur und im Ortszentrum von Buxtehude anlegen. Außerdem eröffnen sie überall computervernetzte Waschsalons, in denen sie im großen Stil knitterfreie und farbschonende Geldwäsche betreiben. So manche europäische Promenade ist inzwischen an den besten Lagen von farbschonend gewaschenen Banknoten gesäumt, die zum Trocknen aufgehängt sind.

Jüngst wurde die Zulieferindustrie für Gastronomiebetriebe aufgeschreckt, als ruchbar wurde, dass der koreanische Onlinehändler Tuus Pik Ltd. ganz massiv in den Handel und Vertrieb von gebrauchten Zahnstochern eingestiegen ist. Kurz zuvor waren auf den Computerbildschirmen sämtlicher europäischer und mittelamerikanischer Restaurantbetreiber unschlagbare Angebote für wiederaufbereitete Zahnreinigungsstäbchen aus dubiöser Quelle aufgepoppt, die zu Dumpingpreisen angeboten und via Kurierdienst noch am Tag der Bestellung bis in die entfernteste Spelunke geliefert würden. Gleichzeitig – und das war der besondere Clou bei diesem konkurrenzlosen Angebot – bot Tuus Pik an, soeben gebrauchte Zahnstocher aus Gaststätten wieder abzuholen, um sie einer erneuten Aufbereitung zuzuführen. Der jeweilige Oberkellner müsste lediglich die noch nassen und mit allerlei Speiseresten verschmutzten Hölzchen wieder einsammeln und sie dem Kurier mitgeben. Damit entfielen zudem aufwändige Reinigung, kostspielige Lagerhaltung und umweltbelastende Entsorgung der lebensnotwendigen Massenware. Das profitable Angebot beinhaltete ferner den unwiderstehlichen Passus, dass für jeweils zwölf mit frischem Speichel und Essensresten benetzte Zahnstocher ein neuer sauberer kostenlos hinzugegeben würde – ein im Wortsinne gefundenes Fressen für gastronomisch tätige Pfennigfuchser. Diesem marketingtechnisch genialen Trick konnten unsere gewinnorientierten Wirtsleute natürlich nicht widerstehen. Auch die europäischen Hersteller fabrikneuer Zahnstocher hatten dem nichts mehr entgegenzusetzen. Was jedoch keinem der abonnierten Restaurantbesitzer verraten wurde, war der Umstand, dass man aus den Essensresten, die von den zurückgegebenen Zahnstochern gewonnen wurden, das zähflüssige Mah Gen Lai Men erzeugte, einen unentbehrlichen Grundbestandteil der kantonesischen Küche. Das wiederum konnte mit hohem Gewinn vermarktet werden, sodass mit dem Lai Men die aufwändige Zahnstocherwiederaufbereitung und der Transport bestens querfinanziert werden konnten.

Inzwischen musste ein westlicher Kleinholzverarbeiter nach dem anderen dichtmachen. Selbst die staatlich subventionierten Dünnbrettbohrer in den Wäldern jenseits des Polarkreises hatten Mühe, mit dem Dünnbrettschneiden, dem weitergehenden Brettverdünnen und dem finalen Dünnbrettbohren fortzufahren wie bisher. Nur wenige Tief- und Hochstapler von Wildbrett und Furnierholz konnten sich vor der Pleite retten, indem sie rechtzeitig auf andere Fertigprodukte umstiegen wie Teigroller, Nudelhölzer und Bretter, die sich gestresste Manager mit Ledergurten vor den Kopf schnallen, wenn's hart auf hart kommt. Die anderen, weniger findigen Hersteller, die von der Verarbeitung kleinerer Holzsplitter abhängig waren, mussten über kurz oder lang in die Insolvenz gehen und ihr Personal entlassen. Nur diejenigen schafften es auf niedrigem Niveau weiter zu produzieren, die auf vollautomatische, elektronisch gesteuerte Zahnstocherwaschanlagen mit Spitzennachbearbeitung und Schaftversiegelung gesetzt hatten. Diese Betriebe beschäftigten in der Folge nur noch wenig Personal und – wie kann es auch anders sein? – sie führten ihre Gewinne direkt und unversteuert nach

Shanghai ab. Unnötig zu erwähnen, dass sie ebenfalls windigen Investoren von dort gehören!

Und damit schließt sich der Kreis. Urwaldriesen im Amazonas-Gebiet werden gefällt und vor Ort zu armdicken Balken verarbeitet. Diese schickt man mit Flößen nach Alaska, wo sie in kleinere Teile zersägt werden. Diese Rohlinge wiederum gehen per Luftfracht nach Hawaii, um in der Mitte gespalten und in Japan weiter zerkleinert und an einem Ende angespitzt zu werden. Von dort werden ganze Containerladungen versandfertiger Zahnstocher nach China verschifft, wo Endkontrolle und Verpackung stattfinden. In den Handel gelangen Päckchen mit je zwölf Zahnstochern und einer achtzehnseitigen Gebrauchsanweisung in zwölf Sprachen und 231 Dialekten. Bereits im Rahmen des Großhandels ist jedem hundertsten Päckchen ein Gutschein zum kostenlosen Bezug einer gebrauchten Plastiksandale für den linken Fuß beigefügt. Wenn man als Detailhändler lang genug Waren von Tuus Pik Ltd. bezieht, ist es nur eine Frage der Zeit, bis man eines Tages auch das passende rechte Gegenstück in einer Großlieferung vorfindet – auch dies ein genialer Kundenbindungstrick der gewieften und mit allen Wassern gewaschenen Online-Händler.

Nur wenige Restaurantbesitzer können den schmeichelhaften Angeboten aus Fernost widerstehen und den wenigen verbliebenen einheimischen Erzeugern die Treue halten, obwohl sie weder preislich, noch sandalenmäßig mit Tuus Pik Ltd. mithalten können. Die EU-Kommission erwägt inzwischen, der darbenden europäischen

Zahnstocherindustrie mit Subventionen unter die Arme zu greifen, was nach dem Ausstieg Großbritanniens aus dem gemeinsamen Zahnstochermarkt noch schwieriger wird als ohnehin schon. Dafür wird demnächst ein paritätisch besetztes, aus allen Waldwirtschaft betreibenden Nationen zusammengesetztes Beratungsgremium zusammengerufen, das wirksame Maßnahmen gegen das grassierende Zahnstocher-Dumping empfehlen soll. Angesichts des Preisdrucks verlangt der bulgarische Vorsitzende des Büros für Wald- und Wiesenangelegenheiten, Dimitar Dentorov, einen Milliardenbetrag aus dem Kulturfonds der EU abzuziehen, um damit diejenigen Zahnarztpraxen zu subventionieren, die bereit sind, kostengünstig Zähne zu ziehen. Damit sollten die Zahnzwischenräume der Verbraucher vergrößert werden, was schlussendlich die Abhängigkeit von importierten Zahnstochern vermindern würde. Ferner sollten die Zölle für Plastiksandalen so weit angehoben werden, dass sich die indirekte Bestechung des Einzelhandels und der Gastronomen nicht mehr lohnt.

Doch kaum hat sich der internetbasierte Gebrauchtzahnstochermarkt etabliert, droht dem hiesigen Einzelhandel neue Unbill. Ein auf die Aufbereitung abgebrannter Streichhölzer spezialisierter Ableger der Tuus Pik Ltd. namens Tsünd Ang Ltd. hat anscheinend bereits seine Fühler nach Nordeuropa ausgestreckt. Die neue Firma versucht, die Hobbygrillmeister mit Kampfpreisen für ihre Tsündholzschachteln zu gewinnen, die nicht wie üblich exakt einhundert Tsündhölzer, sondern gleich einhundertdrei beinhalten. Und um ja kein protektionistisch begründetes Risiko einzugehen, werden die Abnehmer größerer Mengen mit der Beigabe von recycelten Konfettischnipseln geködert. Angeblich soll ein Hobbygrillmeister, der jedes Sommerwochenende am Rost steht, auf diese Weise bis Jahresende genügend Konfetti für eine ausgiebige Silvesterfeier zusammen haben.

Diese Einbrüche in den europäischen Markt vornehmlich aus der Holzindustrie sind dabei laut der Konjunkturpropheten wohl nur die Vorboten einer ganz großen Übernahme- und Verdrängungswelle. So haben inzwischen, von der Öffentlichkeit völlig unbemerkt, die meisten überlebenden Fluglinien auf recycelte Kotztüten umgestellt, die sie aus Ostbengalen beziehen, wo angekettete Sklavenarbeiter diese tagsüber um die Wette reinigen, kleben, falten, stapeln und demnächst dasselbe in umgekehrter Reihenfolge tun: also stapeln, falten, kleben, reinigen etc. Außerdem wird es offenbar nicht mehr lange dauern, bis Drogerien den europäischen und nordamerikanischen Ohrenschmalzern ihre Wattestäbchen aus zweitem oder drittem Gehörgang zu besonders günstigen Konditionen anbieten werden.

Es ist nicht auszudenken, was alles noch auf uns zukommt. Das koreanische Startup Kim Wish Poh Enterprises, erst kürzlich an die Börse gegangen, hat zum Beispiel schon erste Erfolge bei der hygienisch einwandfreien Wiederaufbereitung von Toilettenpapier erzielt.

Restaurantbesuche ja, aber anders

Der Fortschritt ist nicht aufzuhalten. Auch im Gastronomiebereich geht man neue Wege, um mit dem Geschäftseinbruch aufgrund der Pandemie zurechtzukommen. Das waren noch Zeiten, als man einfach eine Gaststätte aufsuchen konnte, sei es nach Reservierung oder einfach so im Vorbeigehen. Man konnte sich mit seiner Begleitung einfach so an einem gedeckten Tisch gegenübersitzen. Dann kam der Kellner zu einem, händigte eine Menükarte aus und zählte einem die Empfehlungen des Tages auf. Das alles geschah in einer persönlichen Atmosphäre, im Rahmen einer Begegnung von Mensch zu Mensch. Keine Gesichtsmaske verhüllte das freundliche Antlitz des Obers und kein scharf riechendes Desinfektionsmittel ließ einem jeden Appetit wieder vergehen. Und das alles geschah in einem weit geringeren Abstand als nur anderthalb Metern. Das waren noch Zeiten!

Am stilvoll gedeckten Tisch konnte man, wenn man von einem warmen Gefühl der Anhänglichkeit ergriffen wurde, nach der Hand des Gegenübers greifen und sie liebevoll tätscheln, ohne dass man sich vorher oder nachher die Hände desinfizieren musste. Man durfte nicht nur in die Augen des Gegenübers schauen, der vor lauter liebevoller Blicke dahinschmolz. Man sah sogar das ganze, von keiner Schutzmaske teilverdeckte Gesicht eines vertrauten Menschen. Ja, so unglaublich das heute klingen mag – aber so war es wirklich. Damals, bevor sich Covid-19 anschickte, die Gastronomie zu ruinieren.

Vorüber sind die glorreichen Zeiten, als man seinen Dinner-Partnern ungehindert ins geliebte Antlitz sehen konnte. Jetzt erblickt man im auf Abstand sitzenden Gegenüber bestenfalls die anonyme Beliebigkeit irgendeines austauschbaren Zeitgenossen.

Nach jener goldenen Periode der ungestörten Restaurantbesuche kam jene Übergangszeit zwischen Normalität und hartem Lockdown, als man noch maskiert und mit etwas verlängertem Abstand an reduzierter Anzahl von Gedecken sitzen konnte. Da machte es keinen Unterschied mehr, ob man mit seiner Liebsten, der Zweitliebsten, Drittliebsten oder gar irgendeinem Unbekannten am Tisch saß. Man konnte weder die Hände des Gegenübers berühren, noch sich ermunternd gegenseitig anlächeln – auch nicht, wenn's ans Bezahlen der Rechnung ging. Mit der Gesichtsmaske auf Mund und Nase konnte man nicht mehr mit einem überraschten Gesichtsausdruck seinem Begleiter signalisieren, dass man lieber ihm oder ihr die Bezahlung überlassen würde. Man musste in jedem Fall selbst zur Brieftasche greifen. Ach, das waren noch Zeiten!

Obendrein änderte sich das Verhalten des Personals. Es verhielt sich nicht mehr so angenehm persönlich und unmittelbar wie ehedem, was womöglich auch auf die verminderten oder ganz ausbleibenden Trinkgelder zurückzuführen ist. Vor und nach jedem Gast mussten der Tisch, die

Sitzflächen und die Vase mit den Zierblumen desinfiziert werden. Einige Gaststätten gingen noch viel weiter und verbrannten das Mobiliar am Ende jedes Geschäftstages, was sich allerdings auf Dauer als finanziell nicht tragbar erwies. Der Ersatz von Tellern, Gläsern und Besteck durch Plastikgeschirr trug ebenfalls nicht gerade zu einer romantischen Stimmung bei den Gästen bei, selbst dann nicht, wenn man vorgab, die weißen Plastikmesser und -gabeln wären aus denaturiertem Elfenbein – und somit besonders vornehm. Ich habe nur kurze Zeit daran geglaubt. In der Tat und in Wahrheit waren sie aus billigem Plastik und wurden nach dem Gebrauch ungewaschen entsorgt.

Die bis dahin höflich unmittelbar handelnden Bediensteten wurden infolge der Pandemie gezwungen, starre Abstandsregeln einzuhalten und sich dem Gast nur bis auf eine vordefinierte, als sicher geltende Wurfweite zu nähern. Das führte oft dazu, dass das vorgesehene Zielgebiet der hingeworfenen Esswaren verfehlt wurde. So mancher Sauerbraten landete auf diese Weise im Schoß des Gastes statt auf seinem Teller. Das gefährliche Überschwappen von rasch hingeworfenen Flüssigkeiten, allen voran von Suppen und Soßen, konnte immerhin durch Pipelines vermieden werden, die zu kleinen praktischen Zapfsäulen in Tischmitte führten. Desgleichen gab es für Getränke aller Art, wobei jedes Produkt seinen eigenen Zapfhahn bekam.

Damit entfiel auch jenes beliebte Ritual, mit dem der früher bestens geschulte Sommelier (erkennbar an seiner übergroßen, leicht rötlich schimmernden Nase) feierlich an den Tisch trat und dem offensichtlichen Träger des Portemonnaies die Flasche mit dem Etikett zugewandt präsentierte. Der nach einem uralten höfischen Ritual angesprochene Gast musste dann so tun, als würde ihm die Beschriftung der Weinflasche irgendetwas sagen. Meist tat es das nicht, denn in dem schummrigen Ambiente konnte niemand das Kleingedruckte entziffern. Nach kurzem, dennoch zustimmendem Nicken des Gastes, der sich keinen Reim auf die vorgehaltene Beschriftung machen konnte, goss der Weinfeldmarschall ein wenig vom kostbaren Nass ins Glas und reichte es dem sachkundig Dreinblickenden zur multiplen, sinnesorganischen Prüfung. Dieser wiederum, in vollem Bewusstsein seiner Verantwortung für das Wohl der Menschheit und somit vollends des Ernstes der Lage bewusst, ließ eine Weile die Flüssigkeit im Glase kreisen und beobachtete angestrengt, wie sich diese an der Innenwand verhielt. Sie konnte sich mit dem oder gegen den Uhrzeigersinn drehen, ein wenig cremig in Schlieren herunterfließen oder auch nicht. Das war wiederum völlig egal, aber der Betrachter musste mit Kennermiene nicken und anschließend seine Nase ins Glas senken. Er roch zwei, drei Mal daran, runzelte kennerhaft die Stirn ein wenig und nahm einen Schluck, den er längere Zeit im Mund hin und her wälzte, bis er ihn schnalzend nach hinten beförderte und mit einem angedeuteten Kopfnicken absegnete. Derweil stand der Sommelier in starrer Habachtstellung mit der Flasche in derselben Vorzeigeposition wie am Anfang und ließ sich nicht anmerken, dass er über die abgrundtiefe Weinignoranz des Gastes bestens Bescheid wusste. Dann goss er ihm den abgesegneten Inhalt ins Glas, lächelte heimlich in sich hinein ob der gelungenen Verkaufsaktion und entfernte sich mit würdevollen Schritten. Erst jetzt, da wir diese überwiegend sinnlose Zeremonie nicht mehr haben, vermissen wir sie schmerzhafter denn je.

Die seinerzeit kreuz und quer verlegten Leitungen für Suppen, Soßen und Getränke erwiesen sich nach kurzer Zeit als wahre Stolperfallen und die Röhrentechnologie musste wieder verlassen werden. Als man glaubte, es könne nicht mehr schlimmer kommen, kam es das doch: nämlich in Form der vorverlegten Sperrstunde, die jedem gepflegten abendlichen Restaurantbesuch definitiv den Garaus machte. Eine Weile konnten sich geschäftstüchtige Wirte mit »Take Away«-Maßnahmen über Wasser halten. Zu Mittag und am Vorabend konnte man online bestellte, in Pappkartons abgepackte Mahlzeiten abholen. Aber der lukrativste Geschäftszweig, der zeremoniell aufgewertete Alkoholverkauf, kam dabei völlig zum Erliegen.

Die Sommeliers mussten umschulen. Einige Glücklichere unter ihnen wurden aufgrund ihrer Talente in der Käseherstellung übernommen. Der Rest fiel der Trunksucht anheim und landete mittellos in der pandemiebedingt sterilisierten Gosse.

Dieser zweifelhafte Schwebezustand zwischen schmerzhaften Geschäftseinbußen und definitivem Konkurs hielt nicht allzu lange an. Die steigenden Infektionszahlen veranlassten die Politik, den totalen Lockdown zu verkünden und Versammlungen von mehr als einem einzelnen Menschen ganz zu verbieten. Inzwischen munkelt man, dass demnächst sogar Letzteres verboten und selbst die Versammlung von Einzelnen allein im selben Raum geahndet wird.

Daraufhin schlossen auch noch die letzten überlebenden Restaurationsbetriebe ihre Pforten, entließen die bereits zu Kurzarbeit verdonnerte Belegschaft, verbrannten die verbliebene Inneneinrichtung und machten dicht. Die vorverlegte Sperrstunde vernichtete schlussendlich die Lebensgrundlage fast des gesamten Gastronomiesektors, allerdings nicht ganz.

Karl-Heinz Muckelhuber, der pandemiegeschädigte Wirt des Kultlokals »Zum Wilden Mann mit Zerzausten Haaren« in Rottach am Inn hatte eine rettende Idee, wie er den drohenden Konkurs abwenden konnte. Ganz ohne Gäste im Schankraum mit leeren Hochstühlen vor der Theke ohne Bedienpersonal und ohne Garderobiere, ja sogar ganz ohne Restaurant überhaupt. Er besann sich auf die Errungenschaften der Informationsgesellschaft, die Möglichkeiten des Internets und seine eigene Findigkeit. Die Idee, die er einer Eingebung folgend entwickelte, war es, die ganze Atmosphäre und Nähe, die in der Gastronomie verloren gegangen waren, elektronisch wiederherzustellen und sie mit seinen Erzeugnissen zu kombinieren. Manche nennen das »Augmented Reality«. Und das ging so:

Als Erstes erarbeitete er ein Menü aus erlesenen Speisen und Getränken, die er den Gästen sonst nach alter Sitte in seinem Betrieb auftischen würde – nur dass dieses Menü eben ausschließlich auf Muckelhubers Website virtudine.com zu finden und gegen Kartenzahlung zu ordern war. Als Zweites hatte er sich eine Flotte von schnellen und freiberuflichen Kurierfahren zugelegt, die wie Uber oder ein Taxi jederzeit die Bestellungen ausliefern konnten. Damit hatte er eine Art gastronomischen Versandhandel etabliert, wie es natürlich noch viele andere ebenfalls gab. Aber der Clou bei der Geschäftsidee des einfallsreichen Überfliegers war, dass er die Intimität der Menschen an einem Tisch auf geniale Art und Weise wiederaufleben lassen konnte – und zwar rein virtuell. Dazu mussten sich die beiden Dinierenden lediglich auf seiner Website zum Essen verabreden. Der Zeitpunkt musste ganz genau eingehalten werden, der Ort hingegen war jeweils der eigene Esstisch mit dem internetfähigen Laptop oder Tablet vor der Nase. Alles war auf der Website genauestens dargelegt und mit kleinen Lehrvideos erklärt. Insbesondere war der Abstand zum Bildschirm klar definiert, und zwar so, dass zwischen Esser und Bildschirm gerade noch genügend Platz für das servierte Essen blieb. Auf den Bildschirmen flimmerte derweil Kerzenschein im Hintergrund und leise Tafelmusik erklang. Dann kamen an beiden Orten die pünktlich zum Rendezvous bestellten Speisen an, frisch und warm, und mussten auf einem kleinen Nebentisch aufgestellt werden. Unter Leitung eines virtuellen Tafelmeisters öffnete sich auf der Plattform sodann ein Videokonferenzkanal, auf dem der gleichzeitig eingeloggte Partner in Erscheinung trat. So hatten beide Gäste die ganze Kulinarik vor sich und vor allem auch die Gegenwart des mitspeisenden Partners. Gleich hinter dem Tellerrand und den Gläsern stand der Bildschirm mit der eingebauten Kamera. Moderne Technik ließ schnell die Künstlichkeit und den wahren Abstand vergessen. Der audiovisuelle Kanal übertrug in beide Richtungen alles Sichtbare und selbstverständlich alles Gesprochene zwischen den beiden Gästen. Sogar das Geklimper der Gläser, das Klingen des Bestecks sowie gelegentliche Schmatz- und Schlürfgeräusche wurden lebensecht übertragen, was die Authentizität des Geschehens untermauerte. In der Pro-Version konnten unappetitliche Essgeräusche natürlich herausgefiltert werden.

Zwischendurch beugte sich ein Kellner in Gestalt eines befrackten Avatars ins Bild (für den einen Gast von rechts, für den anderen von links) und fragte, ob alles in Ordnung sei. Nach der üblichen Bejahung tat er so, als würde er nachschenken, wobei das Programm dann beide Gäste mit einem eingeblendeten Schriftzug aufforderte, diese Handlung auch in der Realität durchzuführen. Danach entfernte sich der Befrackte und überließ das Feld wieder den beiden Speisenden.

Es dauerte natürlich nicht lange, bis Muckelhuber die noch ungenutzten Möglichkeiten seines erfolgreichen virtuellen Bewirtungs- und Verköstigungsprogramms weiter ausbaute. Als Erstes erweiterte er die Quellenlage für sein Angebot an Speisen und Getränken, indem er nach und nach andere, fast bankrotte Restaurants im Rahmen eines Franchisesystems aufnahm. Damit konnte er seinen Wirkungskreis ausdehnen und seine unangefochtene Monopolstellung ausbauen. Mittlerweile agiert virtudineglobal.com in nahezu jeder Hauptstadt. Nachdem er seine Firma in eine Aktiengesellschaft umgewandelt hatte und die gehandelten Anteile einen kometenhaften Aufstieg an der Börse hingelegt hatten, verfügte er über genügend Kapital, um die Bandbreite seiner Dienstleistungen noch weiter auszudehnen. Sozusagen im Vorprogramm entstand eine zusätzliche Datingseite, auf der sich Singles zum virtuellen Dinieren gegenseitig einladen konnten, ohne Gefahr zu laufen, einen unangenehmen oder penetranten Gegenüber nicht loswerden zu können. Kam Langweile auf oder gefiel der andere nicht, konnte der enttäuschte Gast ihn problemlos wegklicken.

Mit immer mehr Anwendern gleichzeitig im System bestand zudem die Möglichkeit, sich gleich einen anderen Dinierpartner auszusuchen und an den virtuellen Tisch einzuladen. Dies wurde immer beliebter und bekam auch eine eigene Bezeichnung, nämlich Swappen. Bald darauf wurde eine Swapp-Funktion integriert, inklusive einer Vorschau der weltweit gleichzeitig zu speisen wünschenden Kandidaten. Die Pro-Version wurde um eine »Augmentierung der Tischgröße«-Funktion erweitert, sodass nunmehr größere Gesellschaften gemeinsam dinieren konnten – eine Anwendung, die für Geschäftsessen auf Vorstandsebene große Beliebtheit erlangte.

Doch auch damit war noch nicht das Ende der Fahnenstange erreicht. In der Firmenzentrale in Kalifornien tüftelte man an weiteren Ergänzungen des Systems, die noch mehr Geld in die Kasse spülen sollte. So begann man zum Beispiel damit, gelegentlich kurze Werbefilme in die Übertragungen einzuspeisen, die meist ebenfalls kulinarische Inhalte hatten und daher gerade der interessierten Kundschaft vorgesetzt wurden.

Karl-Heinz Muckelhuber hatte allerdings nichts mehr vom Höhenflug seiner Geschäftsidee. Denn er hatte seine Anteile frühzeitig an eine chinesische Investorengruppe verkauft und sich mit einem Erlös von zwanzigtausend Euro in seine Gartenlaube am Rande von Buxtehude zurückgezogen. Dort nutzte er gelegentlich die Segnungen seiner Erfindung als ganz gewöhnlicher User – beim trauten und intimen Dinner mit seiner neuen philippinischen Fernbeziehung.

Nachwort

Die satirische Auseinandersetzung mit der aktuellen Pandemie ist ja schön und gut. Sie mag ein wenig von der allgemeinen Misere ablenken, die uns tagtäglich bedrückt. Sie kann dazu beitragen, etwas vom aufgestauten Frust abzuleiten. Aber sie soll nicht den Blick auf den Ernst der Lage verdecken. Darum empfinde ich es als naturwissenschaftlich geschulter Mediziner als meine Pflicht, einige ernste und auf wissenschaftlichen Tatsachen beruhende Gedanken zu äußern, um die evolutionsbiologische Bedeutung der derzeitigen Ereignisse zu verstehen und uns nicht zuletzt auch auf das vorzubereiten, was vielleicht danach noch kommen könnte.

Die Botschaft im Folgenden beinhaltet Betrachtungen darüber, wer der wahre Beherrscher unseres Planeten ist. Und dabei geht es weder um Putin oder Trump (und schon gar nicht um die geheimnisvoll dreinblickende Ivanka), ja nicht mal um irgendeinen besonders mächtigen Menschen. Gemeint ist auch nicht die generell selbsternannte Krone der Schöpfung, also das Menschengeschlecht an sich. Wenn man schon die ganze Biosphäre in Betracht zieht, würden manche evolutionsbiologisch interessierten Zeitgenossen sowieso auf weit erfolgreichere Arten hinweisen, die in großer Zahl vorkommen, sich in den unterschiedlichsten Bedingungen adaptieren und halten können. Als ein dem Menschen naheliegender

Kandidat mag man an Ratten denken, die sämtliche dunklen Verstecke des Planeten für sich erobert haben, in denen sie etwas Nahrhaftes finden können. Noch erfolgreicher als diese unappetitlichen Nager sind die Insekten, die selbst unter den widrigsten Umständen überleben können, sogar im staubigen Spalt hinter meinem Schreibtisch, an den ich mit keinerlei Werkzeug mehr gelange, um sie von dort zu vertreiben.

Aber damit sind wir immer noch weit entfernt vom Rekordhalter. Wie man sehen kann, zeigt die Annäherung an den wahren Herrscher der Welt eine eindeutige Tendenz zur Verkleinerung und Vereinfachung. In der Tat: Was evolutionären Erfolg angeht, werden selbst die Ameisen von noch primitiveren Lebensformen übertrumpft, zu denen zum Beispiel die Pilze gehören, die mit ihrem Myzel praktisch jede Erdkrume durchsetzt haben. Damit verlassen wir definitiv das Tierreich und müssen uns anderswo nach noch erfolgreicheren Protagonisten der biologischen Existenz umsehen. Da ist die unermessliche Vielfalt der Einzeller, unter ihnen die Bakterien, die überall sind: in uns und um uns, ja, sie bevölkern selbst die Luft, die wir atmen. Zu vielen Mikroben stehen wir in keinerlei Beziehung. Denn nur ein kleiner Teil tritt als Pathogene in Erscheinung und verursacht Krankheiten. Die Masse der Bakterien lebt von organischem Abfall, wo immer er anfällt. Einige Einzeller können sich mittels Fotosynthese selbst mit Energie versorgen. Andere wiederum sind dermaßen widerstandsfähig, dass sie selbst großen Druck und Hitze überstehen: Das sind die

Extremophilen, die selbst unterseeische Vulkanschlote als angenehme Heimstatt bevölkern.

Auf der gesamten Erdoberfläche, auch darunter und in der Luft, pulsiert das Leben und strotzt vor Kraft. Es frisst alles, was verdaulich ist und spaltet sogar Felsen. Dabei lässt es kein noch so ungeeignet erscheinendes Habitat aus und bildet über die Oberfläche des Planeten einen unregelmäßigen organischen Film, den man, von außen betrachtet, mit dem Schimmelbefall eines verrottenden Apfels vergleichen kann. Diese Schicht setzt sich aus allem Lebendigen zusammen: Bakterien, Pilze, Pflanzen, Tiere einschließlich der Filzläuse und Elefanten. Und bei aller Vielfalt und allen Unterschieden ist allem Lebendigen eines gemein: die Erbsubstanz DNS, die sie in sich tragen. Bei komplexeren Lebensformen ist die DNS in Genen und in Form von Chromosomen angeordnet, bei den primitivsten der Einzeller dagegen als loser Strang. Die DNS hat jedoch bei ihnen allen die Fähigkeit, sich zu replizieren, was eine unverzichtbare Bedingung für den Erhalt der jeweiligen Art ist.

Evolutionsbiologe Richard Dawkins geht in seiner naturphilosophischen Betrachtung so weit, dass er gar nicht mehr die Arten und deren tragende Individuen als die eigentlichen Subjekte der Evolution betrachtet, sondern ihre Gene, die sich in einer darwinistischen Konkurrenz zueinander befinden und die Lebewesen, die sie beherbergen, lediglich als Vehikel für ihren Kampf ums Dasein benutzen. Es seien die Gene selbst, die sich im Laufe der Generationen in variablen

Kombinationen entfalten und auf diese Weise ihren evolutionären Erfolg sichern. Die Loslösung vom Individuum ist dabei jener Umstand, den Dawkins vor allem mit dem Altruismus unter Verwandten veranschaulicht. Hierbei opfern sich manchmal einzelne Individuen, um die Lebens- und Vermehrungschancen von nahen Verwandten zu erhöhen, was ja ganz im Sinne jener Gene ist, die sie gemeinsam besitzen. Natürlich haben die Gene hierbei keinerlei eigenen Willen und ebenso wenig folgen sie einer verordneten Bestimmung. Die evolutionären Bedingungen führen dazu, dass sich bestimmte Erbanlagen besser durchsetzen. Dawkins hat für diesen Befund den Begriff »selfish gene«, des »egoistischen Gens«, geprägt, ohne ihnen Gefühle oder Absichten zuzuschreiben. Erfolgreiche Gene verbreiten sich, weil sie dazu fähig sind und einfach die Möglichkeit dazu haben, indem sie von Individuen getragen werden, die unwissentlich (und bei manchen Menschen wissentlich) im evolutionären Sinn erfolgreich sind.

Ich möchte dieses Prinzip auf eine noch höhere, abstraktere Ebene heben, dabei selbst die einzelnen Gene als Subjekte der Evolution verlassen und die Grenze zwischen belebter und unbelebter Natur überqueren. Ich beziehe mich dabei alleine auf die Substanz, die die Erbinformation trägt und in den Genen residiert, auf die DNS (und bis zu einem gewissen Grad die mit ihr wesensverwandte RNS), von der ich annehme, dass sie in ihrer Gesamtheit der wahre Beherrscher des

Planeten ist, möglicherweise sogar darüber hinaus.

Wenn wir sämtliche Lebewesen, selbst die Bakterien, auf dem Weg in den Mikrokosmos zurücklassen, treffen wir auf die Viren, die ihrerseits
nichts anderes sind als parasitäre, abgekapselte
DNS- oder RNS-Abschnitte, die an der Grenzlinie
zwischen lebendiger Materie (als Subjekte der Biologie) und unbelebter Materie (als Objekte der
Chemie und Physik) stehen. Ihre frappierende Ei-
genschaft und der einzige Daseinszweck ist die
Replikation. Dahingehend sind sie derart opti-
miert, dass sie alle Bestandteile um und bei sich
haben, die für die Vermehrung erforderlich sind:
eine Hülle, um sich von der Außenwelt abzugren-
zen, gegebenenfalls ein nützliches Enzym und
eine funktionell optimierte Gestalt, um lebendige
Zellen zu befallen und ihre Ressourcen für die eigene Vermehrung zu rekrutieren. Enzym und Gestalt sind wiederum in der DNS kodiert und
werden aus dem Material der befallenen Zelle erstellt. Die Viruserkrankung eines Individuums ist
also nichts weiter als der Befall einer Wirtszelle
durch ein schmarotzendes Stück DNS, das nun
damit beschäftigt ist, neue Kopien von sich selbst
herzustellen, also neue Viren. Das Ganze endet
entweder mit dem Erfolg des Parasiten (Chronifi-
zierung der Erkrankung oder Tod des Erkrank-
ten) oder der Überwältigung des Parasiten durch
die erfolgreich eingeschaltete Immunabwehr
(Heilung). Dabei sind die Viren nichts anderes als
jener kleine Teil der auf der Welt vorhandenen
DNS (hier in ihrer Gesamtheit als Welt-DNS zu

bezeichnen), die explizit mit dem Zweck des Parasitierens unterwegs ist. Ansonsten ist diese Welt-DNS überall vorhanden, mal als Erbsubstanz von einzelnen Zellen, in einzelnen Lebewesen oder eben als Bruchstücke ohne Funktion und Fähigkeit zur Replikation. Jedes noch so kleine Stück unseres Gewebes ist voller DNS. Sie ist in sämtlichen Geweben und Zellen (mit wenigen Ausnahmen, etwa den Erythrozyten) und eben auch außerhalb von ihnen. In jedem Kubikzentimeter Luft ist DNS, sei es in ganzen Bakterien, Viren oder eben als freischwebende Partikel. Wir nehmen dauernd neue DNS auf – via Berührung, Atmung und vor allem mit der Nahrung – und geben wieder welche ab, beispielsweise über unsere Haare, in Ausscheidungen und Hautpartikeln.

Eine spezielle Form der DNS-Replikation liegt bei der Krebserkrankung vor, bei der sich gewissermaßen »amoklaufende« Erbsubstanz mit aller Gewalt zu replizieren beginnt, ohne das ansonsten gültige Prinzip zu beherzigen, dass dies für das tragende Individuum nur nützlich und niemals schädlich sein sollte.

Irgendwann in grauer Vorzeit, als es noch kein Leben auf dem Planeten gab (und somit organische Substanzen nicht »verderben« konnten), sind unter Zufuhr geeigneter Bausteine und von Energie alle möglichen Moleküle entstanden, viele einfache und etwas seltener komplexe Varianten. Erst als ein Molekül die Fähigkeit zur Replikation erlangte und diese Replikation auch nach den Gesetzen der Thermodynamik einsetzte, war Leben möglich geworden. Die einzige uns bekannte Substanz mit dieser Fähigkeit ist die DNS (und ihr enger Verwandter: die RNS). Als wichtigste Voraussetzung für Leben war die Möglichkeit der Vermehrung durch Kopieren der Muttersubstanz vorhanden. Ab hier griffen die Gesetzmäßigkeiten der Evolution ein und führten zur massenhaften Verbreitung und Diversifikation der Erbsubstanz. Die Erfindung der Sexualität hat dabei die Kombinierbarkeit verschiedener DNS-Abschnitte exponentiell verstärkt und den Ablauf der Evolution beschleunigt.

Damit sind wir selbst – also die Personen, die sich über diese Thematik Gedanken machen – nur Träger und Diener unserer uns innewohnenden DNS, die kodierte Informationen beinhaltet, welche uns wiederum in die Lage versetzen, unsere individuelle Erbsubstanz zu erhalten und voranzubringen.

Und jetzt noch eine Schlussbemerkung, die zu denken gibt: Ein besonders unerfreulicher Aspekt der äußerst erfolgreichen Selbstbehauptung der DNS/RNS (oder ganzer Gene) in der Natur ist, dass diese nur darauf lauern, sich neue Wirte zu suchen. Da die potenziellen Erreger überall und in zigmilliardenfacher Zahl vorhanden sind, wird sofort jedes sich neu anbietende Biotop erschlossen. Das war immer schon so, seitdem es Leben auf dem Planeten gibt. Der Unterschied zu früher ist jetzt, dass durch die hohe Bevölkerungsdichte und Mobilität der Umstieg von einem Wirt auf den anderen und insbesondere von einer Spezies auf die andere wesentlich leichter geworden ist.

Auch die veränderten Essgewohnheiten schufen eine Brücke für bisher ausschließlich tierpathogene Keime zum Menschen. Damit steigt die Wahrscheinlichkeit für neue, noch unbekannte Infektionskrankheiten zu einer immerwährenden Bedrohung an. Kurz gesagt: Es stehen uns leider neue Pandemien ins Haus.

Weil wir die Fähigkeit zur Selbstreflexion besitzen und unsere Existenz wahrnehmen können, entstand einst die Metaebene, in der wir uns bewusst oder unbewusst bewegen. Es liegt nun an uns selbst, uns über das Diktat der DNS und seiner in Gene organisierten Einheiten hinwegzusetzen und dem eigenen Leben den Sinn zu geben, den wir für richtig und wichtig erachten.

Über Autor und Herausgeberin

Prof. Dr. Peter Biro, Jahrgang 1956, ist Professor für Anästhesiologie. Er blickt auf ein breites Spektrum medizinischer Fachbeiträge, schreibt seit rund drei Jahren humoristische Glossen und ausnahmsweise auch mal ernste Beiträge für Online-Magazine auf Deutsch, Englisch, Rumänisch und Ungarisch.

Dr. Maria Zaffarana, Jahrgang 1973, war zehn Jahre lang als Promi-Reporterin tätig und promovierte nebenher in Literaturwissenschaften. Sie machte sich 2009 als Freie Journalistin, Autorin und Lektorin selbstständig, veröffentlichte vier Romane, ein wissenschaftliches Fachbuch über Goethes »Werther« und gab mehrere Anthologien heraus. Seit 2014 ist sie zudem Chefredakteurin des Genießer-Magazins CarpeGusta.